DISNEY

みんなが知らない
塔の上のラプンツェル

ゴーテル　ママはいちばんの味方

著／セレナ・ヴァレンティーノ
訳／岡田好恵

講談社

もくじ

Disney

みんなが知らない
塔の上のラプンツェル

ゴーテル　ママはいちばんの味方

著／セレナ・ヴァレンティーノ
訳／岡田好惠

1 死者《しじゃ》の女王《じょおう》

死者《しじゃ》たちが眠《ねむ》る、広大《こうだい》な枯《か》れ木《き》の森《もり》。

その中央《ちゅうおう》に、魔女《まじょ》マネアの一家《いっか》が住《す》む、古《ふる》びた石《いし》の館《やかた》がありました。

森《もり》を取《と》り巻《ま》く魔法《まほう》のばらの茂《しげ》みが、生者《せいしゃ》の世界《せかい》との境《さかい》をなしていました。

生者《せいしゃ》は一歩《いっぽ》もこの森《もり》へ立《た》ち入《い》れず、魔女《まじょ》たちも森《もり》から出《で》ていくことはありません。

村人《むらびと》が死《し》んだら必《かなら》ず、この森《もり》の魔女《まじょ》に引《ひ》き渡《わた》す――それが昔《むかし》から生者《せいしゃ》と魔女《まじょ》とのあいだで交《か》わされた、ゆいいつの約束《やくそく》。

約束《やくそく》はここ数百年《すうひゃくねん》、破《やぶ》られたことがありません。

村人《むらびと》たちはマネアを「死者《しじゃ》の女王《じょおう》」と呼《よ》んで大《おお》いに恐《おそ》れ、死者《しじゃ》は女王《じょおう》のもとで、永《えい》遠《えん》の安眠《あんみん》につくはずだと、むりやり自分《じぶん》たちに言《い》い聞《き》かせていたのです。

マネアには、三《み》つ子《ご》の娘《むすめ》がいました。

長女《ちょうじょ》のヘーゼル、次女《じじょ》のプリムローズ、そして、三女《さんじょ》のゴーテル。

三人《にん》はそれぞれ、姿《すがた》も性格《せいかく》もまったく違《ちが》い、マネアからは「とんでもないできそこないたち」と呼《よ》ばれていました。魔法《まほう》の世界《せかい》では、そっくりの三《み》つ子《ご》が理想《りそう》。そういう三《み》つ子《ご》は神々《かみがみ》に愛《あい》され、魔力《まりょく》も数倍《すうばい》になると信《しん》じられていたからです。

三《み》つ子《ご》の長女《ちょうじょ》ヘーゼルは細身《ほそみ》で、澄《す》んだ青《あお》の目《め》と滝《たき》のような銀髪《ぎんぱつ》をもつ、内気《うちき》でやさしい娘《むすめ》。次女《じじょ》のプリムローズは緑《みどり》の目《め》と鮮《あざ》やかな赤毛《あかげ》の元気《げんき》な娘《むすめ》。そして三女《さんじょ》のゴーテルは、大《おお》きな黒《くろ》い目《め》と豊《ゆた》かな黒髪《くろかみ》の理知的《りちてき》な娘《むすめ》。姉《あね》たちが大好《だいす》きで、いつも二人《ふたり》にくっついています。三人《にん》の中《なか》で、母《はは》の跡《あと》を継《つ》ぎ、死者《ししゃ》の女王《じょおう》になりたいと思《おも》っているのは、ゴーテルだけでした。母《はは》は娘《むすめ》たちを放《ほう》りっぱなしで、一日《いちにち》の大半《たいはん》は地下《ちか》室《しつ》で魔術《まじゅつ》にぼっとうしています。三姉妹《しまい》はしかたなく、毎日《まいにち》枯《か》れ木《き》の森《もり》を散歩《さんぽ》して過《す》ごしました。三人《にん》いっしょに歩《ある》き回《まわ》りながら、それぞれ好《す》きなように楽《たの》しむのです。

きょうもヘーゼルは羊皮紙《ようひし》に石炭《せきたん》で、墓《はか》の一つをスケッチしています。プリムローズは死者《ししゃ》たちへの伝言《でんごん》を書《か》いた赤《あか》いハート形《がた》の切《き》り抜《ぬ》きを、リボンで枯《か》れ木《き》の枝《えだ》に次々《つぎつぎ》とつり下《さ》げていました。ゴーテルは大《おお》きな家《いえ》のような霊廟《れいびょう》の壁《かべ》によりかかり、母《はは》の目《め》を盗《ぬす》んでもってきた魔術《まじゅつ》の本《ほん》を読《よ》むのに夢中《むちゅう》です。

ふと本《ほん》から目《め》を上《あ》げると、日《ひ》はだいぶ低《ひく》くなり、空《そら》はオレンジがかった美《うつく》しいピンクに染《そ》まっています。そういえば、どこかに〝黄金《おうごん》のたそがれ〟の魔法《まほう》がかかっている国《くに》があると、母《はは》の本《ほん》に書《か》いてあったことを思《おも》いだしました。

(ママの魔術《まじゅつ》を知《し》りたい。姉《ねえ》さんたちは、どう思《おも》っているんだろう?)

美《うつく》しい夕空《ゆうぞら》をうっとり眺《なが》めながら、ゴーテルはため息《いき》をつきました。

「何考《なにかんが》えてるの? ゴーテル。」

プリムローズがそう言《い》いながら近《ちか》づいてきたので、ゴーテルは聞《き》きました。

「ママのことよ。ママはなぜ、わたしたちに魔術《まじゅつ》を教《おし》えてくれないの? わたしたちの一族《いちぞく》は代々《だいだい》、娘《むすめ》は母親《ははおや》から魔術《まじゅつ》を引《ひ》き継《つ》ぐことになっているのに。」

「それはね、ママが永遠《えいえん》に死《し》ぬ気《き》がないからよ。だから、わたしたちは、のんびりやってればいいの！　わかった？」

プリムローズはゴーテルの手《て》を握《にぎ》って、微笑《ほほえ》みました。

「冗談《じょうだん》じゃない！

あんた、わからないの？　ママの魔法《まほう》は〝わたしたちの〟魔法《まほう》でもあるのよ。なのにママは、わたしたちに何《なに》も教《おし》えてくれない！　もしママが永遠《えいえん》に死《し》なないなら、わたしたちも永遠《えいえん》に死《し》ねない。永遠《えいえん》に終《お》わらない人生《じんせい》を、どうやって過《す》ごせばいいの？」

ゴーテルはプリムローズに、かんしゃくをぶつけました。

プリムローズの緑《みどり》の目《め》が、夕暮《ゆうぐ》れの光《ひかり》に輝《かがや》きます。

「今《いま》までどおりに過《す》ごすのよ。この森《もり》を二人《にん》で散歩《さんぽ》するの、永遠《えいえん》に。」

ゴーテルはぞっとしました。

「わたし、姉《ねえ》さんたちが大好《だいす》き。でもね、プリムローズ。あんた、この森《もり》の外《そと》の世界《せかい》を見《み》たいと思《おも》わない？　自分《じぶん》の人生《じんせい》を生《い》きたいと思《おも》わない？」

「あら！　わたしたち、今《いま》だって、好《す》きなように楽《たの》しんでいるじゃない！」

プリムローズがそう言《い》ったとき、ヘーゼルが近《ちか》づいてきました。

「ゴーテル。あんた、まさか、わたしたちと離《はな》れたいと思《おも》っているの⁉」

「違《ちが》うって！　わたし、姉《ねえ》さんたちと離《はな》れたいなんて思《おも》っていない。でも、ママが魔《ま》術《じゅつ》を教《おし》えてくれないなら、三人《にん》でここを出《で》たい。そして魔術《まじゅつ》を教《おし》えてくれる魔女《まじょ》をさがすの。わたしたちは魔女《まじょ》よ。なのに、魔術《まじゅつ》を知《し》らない。それでもいいの⁉」

「しいい。」

ヘーゼルが、唇《くちびる》に指《ゆび》を当《あ》てました。

「ママじゃないって！　あんたも、おくびょうねえ！　ヘーゼル。」

とはいえ、ゴーテルにも聞《き》こえたのです。小枝《こえだ》が動《うご》いたような音《おと》が。

三姉妹《しまい》は震《ふる》え上《あ》がりました。この森《もり》に、魔女以外《まじょいがい》の者《もの》がいるはずがありません。

「あの音《おと》は、やっぱりママか、死者《ししゃ》の誰《だれ》かが目《め》を覚《さ》ましたか……。」

「それとも——。」

「それとも何《なに》？　姉《ねえ》さんたち、しっかりして。今《いま》まで、生《い》きてる人間《にんげん》が、この森《もり》に迷《まよ》いこんできたことなんてあった？」

ゴーテルがつい、声《こえ》を高《たか》めると、プリムローズがすかさず言《い》い返《かえ》しました。

「でも、ママにたしかめたわけじゃないわよね？」

「プリムローズ！　忘《わす》れた？　ばらの茂《しげ》みには魔法《まほう》がかかってるのよ。だから生者《せいしゃ》はこの森《もり》に立《た》ち入《い》れないの。もし入《はい》ってきたとすれば、魔女《まじょ》よ。でもわたしたち、ほかの魔女《まじょ》なんて知《し》らない。第一《だいいち》、魔法《まほう》ってどんなものかさえ、見《み》たこともないけどね。」

「ゴーテル、あんた、いったい、何《なに》が言《い》いたいの？」

ヘーゼルが静《しず》かに聞《き》きました。

「ママのことよ。ママはわたしたちに何《なに》も教《おし》えてくれない！　なぜ!?」

とたんに、ゴーテルの両足《りょうあし》がふわりと地面《じめん》から浮《う》き……。

「なぜなら、それはね、ママがおまえたちのいちばんの味方《みかた》だからだよ。」

母《はは》マネアの苦々《にがにが》しげな声《こえ》が聞《き》こえました。

「ママ！　ゴーテルをどうするつもり？」

プリムローズが悲鳴《ひめい》を上《あ》げると、マネアはけたけたと笑《わら》いました。

「安心《あんしん》おし。ゴーテルを傷《きず》つけるのは自分《じぶん》を傷《きず》つけるのと同《おな》じだからねえ。」

マネアは宙吊《ちゅうづ》りにしたゴーテルをおろすと、どなりつけました。

「腹黒《はらぐろ》い娘《むすめ》！　あたしの本《ほん》をこっそりもちだして！　知《し》らないと思《おも》っているのか！」

それから長《なが》い黒髪《くろかみ》をさっとかきあげ、不気味《ぶきみ》に笑《わら》いました。

「魔術《まじゅつ》を教《おし》えてほしいんだってねえ、ゴーテル。ならば、とくと見《み》るがいい。」

マネアは天《てん》に向《む》かって両手《りょうて》を上《あ》げました。とたんに指先《ゆびさき》から銀色《ぎんいろ》の光《ひかり》が噴《ふ》きだします。枯《か》れ木《き》の枝《えだ》が次々《つぎつぎ》に、ぼうぼうと燃《も》え上《あ》がります。

「古今東西《ここんとうざい》の神々《かみがみ》よ、この森《もり》に命《いのち》を与《あた》えたまえ。わが願《ねが》いを聞《き》きたまえ。」

マネアがうなるようにとなえると、すぐさま激《はげ》しい雷雨《らいう》となります。

「ママ、やめて！　不満《ふまん》を言《い》ってごめんなさい。」

必死《ひっし》で謝《あやま》るゴーテルを無視《むし》して、マネアは呪文《じゅもん》をとなえつづけます。いなずまが走《はし》り、土《つち》にしみ渡《わた》った雨《あめ》とともに、死者《ししゃ》の魂《たましい》を目覚《めざ》めさせ、死者《ししゃ》たちが墓穴《はかあな》から次々《つぎつぎ》と姿《すがた》を現《あらわ》します。大半《たいはん》は骸骨《がいこつ》ですが、肉《にく》が半分腐《はんぶんくさ》りかけた者《もの》も見《み》えます。死者《ししゃ》の群《む》れが、欠《か》けた手足《てあし》をぶらぶら動《うご》かしながら音《おと》もなくマネアに近《ちか》づいてきました。ヘーゼルとプリムローズは、思《おも》わず目《め》をそむけます。ゴーテルは、この怪物《かいぶつ》のような死者《ししゃ》たちが、いつの日《ひ》か自分《じぶん》の臣下《しんか》となることを思《おも》うと、胸《むね》がおどるのを感《かん》じました。

マネアは死者《ししゃ》の群《む》れを見《み》つめると、とりわけ大柄《おおがら》な男《おとこ》に向《む》かって命《めい》じました。

「村人《むらびと》たちが死人《しにん》を隠《かく》している。すぐに行《い》って、一体残《いったいのこ》らずもってくるのだ。」

ゴーテルは耳《みみ》を疑《うたが》いました。死人《しにん》を隠《かく》す!?

「承知《しょうち》しました、女王様《じょおうさま》。」

ボロボロになりかけたシルクハットをかぶり、ズボンとロングコートを着《き》たその臣下《しんか》は、まだ皮《かわ》の残《のこ》った顔《かお》の顎《あご》をがくがくと動《うご》かして言《い》いました。

「ママ、お願《ねが》い、こんなことしないで！」

マネアは泣《な》きながら頼《たの》むプリムローズをあざ笑《わら》い、ふいに声《こえ》を落《お》とすと言《い》いました。

「いつか、おまえたちは、この責任《せきにん》をあたしから引《ひ》き継《つ》ぐことになる。これは大変《たいへん》な仕事《しごと》だよ。さて、やりたい者《もの》は？」

「わたしがやる。わたしがママの跡《あと》を継《つ》ぐわ。だからママ、わたしに魔術《まじゅつ》を教《おし》えて。」

マネアは、いきなりゴーテルの首《くび》をつかむとしめあげました。

「ふん。では、次《つぎ》の女王《じょおう》になったとして、もし村人《むらびと》が死体《したい》をよこさなかったら？」

マネアはゴーテルを見《み》つめ、問《と》いつめました。

「今《いま》のママと、同《おな》じようにするわ。」

ゴーテルは、きっぱりと言《い》いました。

「よかろう。まだまだ先《さき》のことだがね。」

マネアはゴーテルの首《くび》から手《て》を放《はな》すとつづけました。

「あたしの魔力《まりょく》は、あたしの血《ち》の中《なか》にある。だから、一度《いちど》に少《すこ》ししか分《わ》けられない。

ぜんぶ分《わ》ければ、死《し》ぬことになる。で、おまえはあたしの血《ち》をほしいかね？」

ゴーテルは、こわごわとうなずきました。

「腹黒《はらぐろ》いあたしの娘《むすめ》よ。おまえたち三人《にん》が生《う》まれたとき、あたしは自分《じぶん》の血《ち》をほんの少《すこ》しだけ分《わ》けてやった。こんども三人《にん》に分《わ》けようと思《おも》う。おまえたちが、揃《そろ》って強力《きょうりょく》な魔女《まじょ》になるように。いいね、あたしの血《ち》がほしいんだね？　ゴーテル。」

「ゴーテル、だめよ！　うんと言《い》っちゃだめ！」

プリムローズが激《はげ》しく言《い》いました。ヘーゼルの青《あお》い目《め》は恐怖《きょうふ》でいっぱいです。マネアは、けたたましく笑《わら》うと、三人《にん》の娘《むすめ》をにらみつけました。

「帰《かえ》って、三人《にん》でよく相談《そうだん》するんだね。そして、明日《あす》の夜《よる》、温室《おんしつ》の前《まえ》に来《く》るのだ。さあ、うせろ！」

「行《い》こう、ゴーテル。」

プリムローズがゴーテルの手《て》を取《と》り、ささやきます。ゴーテルは二人《ふたり》の姉《あね》に肩《かた》を抱《だ》かれるようにして歩《ある》きはじめました。

2 ラプンツェルの花《はな》

母《はは》マネアは、館《やかた》から離《はな》れた温室《おんしつ》にこもって魔術《まじゅつ》に熱中《ねっちゅう》していました。その温室《おんしつ》に向《む》かって、ゴーテルは一人《ひとり》で歩《ある》いていきます。

小道《こみち》の両側《りょうがわ》は、枯《か》れた柳《やなぎ》の並木《なみき》。ところどころに、古《ふる》びた天使像《てんしぞう》が置《お》かれています。ゴーテルはお気《き》に入《い》りの一体《たい》の前《まえ》で立《た》ち止《ど》まり、久《ひさ》しぶりにその顔《かお》を眺《なが》めると、また歩《ある》きだしました。

こけむした黒《くろ》い大理石《だいりせき》の顔《かお》は、この森《もり》で眠《ねむ》る死者《ししゃ》たちのために永遠《えいえん》の悲《かな》しみをたたえているようです。やがて、ガラス張《ば》りの美《うつく》しい大《おお》きな建物《たてもの》が見《み》えてきました。温室《おんしつ》に入《はい》るのは生《う》まれて初《はじ》めてです。ゴーテルがどきどきしながら入《い》り口《ぐち》に向《む》かうと、母《はは》が扉《とびら》の前《まえ》にふと現《あらわ》れました。

「ママ！　いつからそこにいたの!?　見《み》えなかった。」

「温室《おんしつ》に入《はい》りたいのかね？　ゴーテル、それで来《き》たんだろ？」

「ええ、ママ……もちろん。」

ゴーテルが温室《おんしつ》に入《はい》ると、中《なか》はまばゆいばかりの黄金《おうごん》の光《ひかり》があふれていました。

「外《そと》からは、ぜんぜんわからないのに。」

「それが魔術《まじゅつ》さ、おまえ。」

マネアがけらけらと笑《わら》うと、ゴーテルはさらに目《め》を見張《みは》りました。

何千本《なんぜんぼん》、いや何万本《なんまんぼん》の光《ひか》る花《はな》。中央《ちゅうおう》のゆかには魔法陣《まほうじん》が描《えが》かれ、その横《よこ》に母《はは》の魔術《まじゅつ》の道具《どうぐ》をのせた小《ちい》さな木《き》のテーブル、それらのまわりを花《はな》の植木鉢《うえきばち》を並《なら》べた台《だい》が何重《なんじゅう》にも取《と》り巻《ま》いています。マネアはゴーテルの顔《かお》をじっと見《み》つめました。

「この花《はな》が、あたしとおまえたちの若《わか》さの源《みなもと》だ。あたしが死《し》んだのちは、花《はな》を守《まも》るのが、女王《じょおう》としてのおまえの役目《やくめ》となるんだよ。わかったね。」

マネアはゴーテルの答《こた》えも聞《き》かずにつづけました。

「さて、あたしがさっき、『ゴーテルを傷《きず》つけることは、自分《じぶん》を傷《きず》つけるのと同《おな》じだ。』と言《い》ったのを覚《おぼ》えているね。おまえはそれを、どう考《かんが》える？」

「それは――ママがわたしを愛《あい》しているってことでしょ？　違《ちが》う？」

「そう。あたしはおまえを娘《むすめ》の中《なか》でいちばん愛《あい》しているよ。」

「でも――。」

「でも、どうした？」

「わたしの名前《なまえ》……。」

ゴーテルが小声《こごえ》で答《こた》えると、マネアは大声《おおごえ》で笑《わら》いました。

「ああ！　自分《じぶん》だけ植物《しょくぶつ》の名《な》をもらわなかったってことか。ゴーテルとは、どこにもない名前《なまえ》だ。とくべつな子《こ》にふさわしいからつけたのさ。さあ、もうお行《い》き。」

マネアはそう言《い》うと、温室《おんしつ》からゴーテルをうるさそうに追《お》い払《はら》いました。

ゴーテルは悲《かな》しみの天使像《てんしぞう》に見送《みおく》られ、柳《やなぎ》の並木道《なみきみち》を館《やかた》へと戻《もど》っていきました。

3 黒《くろ》い空《そら》

次《つぎ》の日《ひ》。ゴーテルとヘーゼルとプリムローズは、手《て》をつないで温室《おんしつ》の前《まえ》に立《た》ち、母《はは》マネアに呼《よ》ばれるのを待《ま》っていました。外《そと》は寒《さむ》く、黒《くろ》いセロファン紙《し》のような空《そら》から、無数《むすう》の星《ほし》の光《ひかり》が流《なが》れてきます。三人《にん》の目《め》の前《まえ》には、薄黄色《うすきいろ》の三日月《みかづき》。その下《した》に広《ひろ》がる枯《か》れ木《き》の森《もり》は、ふだんとまったく違《ちが》って見《み》えます。

「森《もり》が生《い》きているみたい……。」

ヘーゼルのつぶやきを聞《き》きつけたように、マネアが温室《おんしつ》から出《で》てきました。

「ヘーゼル、おまえは相変《あいか》わらず感受性《かんじゅせい》が強《つよ》い。死者《ししゃ》の気持《きも》ちも感《かん》じているんだろ？」

マネアは不気味《ぶきみ》に笑《わら》うと言《い》いました。今夜《こんや》のマネアは黄金色《こがねいろ》のすばらしいドレス。複雑《ふくざつ》に結《ゆ》い上《あ》げた長《なが》い黒髪《くろかみ》に、ラプンツェルの花《はな》を一輪《りん》挿《さ》しています。正装《せいそう》した母《はは》を見《み》るのは、ゴーテルたちにとって数年《すうねん》ぶりのことでした。肌《はだ》はラプンツェルの花粉《かふん》を浴《あ》びたようにきらめいています。

「死者《ししゃ》の気持《きも》ち!?」

プリムローズが不安《ふあん》げにあたりを見回《みまわ》しました。でも見《み》えるのは暗闇《くらやみ》だけ。

「ああ、そうさ、プリムローズ。死者《ししゃ》の気持《きも》ちだ。さあ、ご覧《らん》。」

マネアは深《ふか》い森《もり》の奥《おく》を指《ゆび》さしました。ゴーテルたち三人《にん》が目《め》をやると、森《もり》の奥《おく》から、あの大柄《おおがら》な臣下《しんか》に率《ひき》いられた骸骨《がいこつ》たちが列《れつ》をなして、こちらへ向《む》かってきます。

「わが愛《いと》しのジェイコブ卿《きょう》。彼《かれ》らに死者《ししゃ》の森《もり》の未来《みらい》の女王《じょおう》たちを見《み》せておやり。」

マネアに「わが愛《いと》しのジェイコブ卿《きょう》」と呼《よ》ばれた不思議《ふしぎ》な気品《きひん》を放《はな》つ臣下《しんか》が手《て》を上《あ》げると、無数《むすう》の骸骨《がいこつ》たちが歩《あゆ》みを止《と》め、道《みち》をあけました。

「近《ちこ》う寄《よ》れ、わが小《ちい》さき者《もの》たち。そなたらの未来《みらい》の女王《じょおう》たちをしかと見《み》よ。」

マネアの呼《よ》びかけに、暗闇《くらやみ》から次々《つぎつぎ》と現《あらわ》れたのはなんと、幼《おさな》い子《こ》どもの群《む》れ。まだ腐《くさ》りもせず骸骨《がいこつ》にもなっていません。おびえた子《こ》どもたちは小《ちい》さな手《て》で、一人《ひとり》の腐《くさ》りかけた皮膚《ひふ》の女《おんな》にしがみついて、すすり泣《な》いています。

「あの子《こ》たちの目《め》、変《へん》じゃない？」

プリムローズが、ささやきます。ゴーテルはぎょっとしました。

「目全体《めぜんたい》が、黒《くろ》い何《なに》かでふさがれてる。」

「ママ！　ママがこの子《こ》たちを、殺《ころ》したの⁉」

プリムローズが震《ふる》える声《こえ》で問《と》いつめると、マネアはこともなげに答《こた》えました。

「ああ、そうさ、プリムローズ。あの小《ちい》さい者《もの》たちの目《め》が見《み》えたら、もっと恐《おそ》ろしい思《おも》いをするだろう。だから、目隠《めかく》しをしてやったのさ。せめての情《なさ》けにね。」

「なんて、ひどいことを！」

プリムローズは母《はは》をにらみつけました。でも、マネアはひるみもせず、

「ならばほかに、もっといい方法《ほうほう》があるのか⁉　それより、おまえたちはこの子《こ》らに

あいさつするのだ。未来《みらい》の女王《じょおう》として。」

と命《めい》じました。プリムローズは、さらに言《い》い立《た》てました。

「罪《つみ》もない子《こ》たちを殺《ころ》して、平気《へいき》なの⁉　ママは最低《さいてい》よ！」

「プリムローズ、これがあたしたちの人生《じんせい》なんだよ！　弱音《よわね》を吐《は》くのはおよし！　おまえは今夜《こんや》これから、あたしの血《ち》を飲《の》む。そして、姉妹《しまい》を助《たす》けて、一族《いちぞく》の伝統《でんとう》を守《まも》るのだ。おまえがこの森《もり》を出《で》ることはけっして許《ゆる》さない！　わかったね！」

マネアの怒声《どせい》に、死《し》んだ子《こ》どもたちが、さらに激《はげ》しく泣《な》きだした。

「さあ、プリムローズ。おまえの怒《いか》りを、この女《おんな》に向《む》けるのだ！」

マネアは骨《ほね》ばった指《ゆび》を、腐《くさ》りかけた皮膚《ひふ》の女《おんな》に向《む》けました。

「もしおまえが、協約《きょうやく》の条件《じょうけん》を呑《の》んでいれば、子《こ》どもたちは、この森《もり》にはいなかったのに！　だがおまえは親《した》しい死者《ししゃ》たちに囲《かこ》まれていたいのだ。この子《こ》たちをこんな目《め》にあわせたのは、ほかならぬおまえなんだよ！」

女《おんな》は、目《め》をふさがれ血《ち》だらけの破《やぶ》れた服《ふく》を着《き》た幼《おさな》い女《おんな》の子《こ》を引《ひ》き寄《よ》せました。

「ママ。お願《ねが》い、やめて！」

ヘーゼルがついに泣《な》きだします。マネアはため息《いき》をつくと、

「おまえ、死者《ししゃ》でいるのはつらいかね？」

と、ジェイコブ卿《きょう》を見《み》つめました。

「いいえ、女王様《じょおうさま》。今《いま》はもう。」

「なるほど、では、あの子《こ》たちは、いずれ楽《らく》になるわけだ！　安心《あんしん》おし、ヘーゼル。今夜《こんや》の儀式《ぎしき》が終《お》わったら、あの子《こ》たちは墓《はか》に入《い》れられ、骸骨《がいこつ》になるまで眠《ねむ》りつづける。」

「お墓《はか》で過《す》ごすのは――怖《こわ》くて、つらいんじゃない？」

「いいや、ヘーゼル。そんなことはない。だが自分《じぶん》の勝手《かって》で、魔女一族《まじょいちぞく》との協約《きょうやく》をふみにじったこの女《おんな》は、くやみつづけるだろうよ。」

マネアが冷《つめ》たく言《い》い放《はな》つと、ゴーテルはぞっとしました。

4 儀式《ぎしき》の夜《よる》

ゴーテルたち三姉妹《しまい》は、温室《おんしつ》のまばゆい光《ひかり》の中《なか》、母《はは》マネアと向《む》き合《あ》いました。

儀式《ぎしき》が、ついに始《はじ》まるのです。

ラプンツェルの花《はな》の光《ひかり》はいよいよ強《つよ》まり、温室《おんしつ》を出《で》て、枯《か》れ木《き》の森《もり》から周囲《しゅうい》の村《むら》まで広《ひろ》がっていきます。ゴーテルの耳《みみ》に、村人《むらびと》たちの恐怖《きょうふ》の声《こえ》が遠《とお》く聞《き》こえました。

マネアがドレスのポケットから小《ちい》さなナイフを取《と》りだし、てのひらをさっと切《き》りさきます。血《ち》は真《ま》っ白《しろ》な手《て》から骨《ほね》ばった細《ほそ》い腕《うで》を伝《つた》い、黄金色《こがねいろ》のドレスに真《ま》っ赤《か》なしみをつけました。

「娘《むすめ》たちよ、聞《き》け。わが死《し》するのち、この森《もり》の民《たみ》はすべて、そなたたちの臣下《しんか》となる。」

マネアは高《たか》らかに告《つ》げ、顔《かお》にかかった髪《かみ》をはらいのけ、ひたいと髪《かみ》に血《ち》をなすりつけると、天窓《てんまど》を開《ひら》き、黒《くろ》い夜空《よぞら》に向《む》かって両手《りょうて》を上《あ》げました。そして、

「わが娘《むすめ》たちよ、両《りょう》てのひらを天《てん》に向《む》けよ。」

と、暗《くら》い声《こえ》で命《めい》じ、次《つぎ》の瞬間《しゅんかん》、三人《にん》のてのひらをナイフで切《き》りさきました。

プリムローズが悲鳴《ひめい》を上《あ》げ、したたる血《ち》をドレスでふきました。

マネアはすかさず、ゆかに大《おお》きな銀《ぎん》の鉢《はち》を置《お》き、自分《じぶん》の血《ち》をしぼり、ヘーゼルとゴーテルの手《て》の血《ち》も集《あつ》め入《い》れます。

「プリムローズ。こんどはおまえの血《ち》だ！」

マネアはいやがるプリムローズからむりやり血《ち》をしぼりとり、鉢《はち》を頭《あたま》の高《たか》さに上《あ》げ、夜空《よぞら》に向《む》かってささげました。鉢《はち》の血《ち》は爆発《ばくはつ》し、あたりの空気《くうき》を輝《かがや》かしい深紅《しんく》に染《そ》めながら天窓《てんまど》から流《なが》れ出《で》て、夜空《よぞら》にあふれます。

マネアは鉢《はち》をゆかにおろし、骨《ほね》ばった長《なが》い指《ゆび》で天《てん》を指《さ》しました。とたんに指先《ゆびさき》からいなずまが走《はし》り、雲《くも》は裂《さ》けて血《ち》の雨《あめ》が降《ふ》り注《そそ》ぎます。

「これなる血《ち》をもって、死者《ししゃ》は今《いま》、われとわが娘《むすめ》たちのものとなる。」

プリムローズはまた悲鳴《ひめい》を上《あ》げ、ゆかに倒《たお》れると、激《はげ》しく泣《な》きだしました。

ゴーテルはプリムローズを助《たす》け起《お》こし、抱《だ》きしめました。

「プリムローズ、落《お》ち着《つ》いて。お願《ねが》い。」

プリムローズは、血《ち》でよごれた顔《かお》を恐怖《きょうふ》にゆがめ、

「ごめん、ゴーテル。でもいや！　本当《ほんとう》にいやなの！　許《ゆる》して！」

とうったえます。けれども、

「お黙《だま》り！」

マネアが片手《かたて》で荒々《あらあら》しくプリムローズの髪《かみ》を引《ひ》っ張《ぱ》り、血《ち》だらけのもう一方《いっぽう》の手《て》で
プリムローズの口《くち》をふさいで、

「ぐずぐず言《い》わずに、あたしの血《ち》を飲《の》むんだ！　母《はは》の血《ち》を！」

とさけびます。プリムローズは懸命《けんめい》に身《み》をよじり、母《はは》の手《て》からのがれようとします。

けれども、マネアは恐《おそ》るべき腕力《わんりょく》をふるい、たちまちプリムローズをゆかに押《お》し倒《たお》

し、口《くち》をこじあけると、自分《じぶん》の血《ち》をその中《なか》にぬりつけました。プリムローズは必死《ひっし》で血《ち》を吐《は》き捨《す》てようとしました。それでもいくらかは確実《かくじつ》に、飲《の》みこんでしまったのです。

マネアは泣《な》きじゃくるプリムローズを見下《みお》ろすと言《い》いました。

「あたしが、おまえの心《こころ》を知《し》らないと思《おも》っているのか？　あたしの血《ち》を飲《の》むのを怖《こわ》がる、おくびょう者《もの》め。おまえの姉妹《しまい》も、おまえの弱《よわ》さを知《し》っている。あたしの跡《あと》を継《つ》ごうとする二人《ふたり》にとって、おまえは足手《あしで》まといでしかない。ならばいっそ、あたしが始末《しまつ》してやろう。」

マネアは骨《ほね》ばった手《て》で、宙《ちゅう》をぐっとつかみました、とたんに、プリムローズがせきこみ、のどをおさえて苦《くる》しみだします。ゴーテルはわが目《め》を疑《うたが》いました。

(ママが、プリムローズを殺《ころ》そうとしている!?)

ゴーテルの横《よこ》で、ヘーゼルがさけびます。

「やめて！　ママ。お願《ねが》い。」

マネアは、ヘーゼルに向《む》けて手《て》をつきだしました。とたんに、ヘーゼルが部屋《へや》の隅《すみ》まで吹《ふ》き飛《と》ばされ、温室《おんしつ》の窓《まど》ガラスを破《やぶ》って、外《そと》にはじきだされました。

ゴーテルはどちらの姉《あね》を助《たす》けるべきか迷《まよ》いながら、動《うご》くこともできません。

見《み》るとプリムローズの顔《かお》は紫色《むらさきいろ》に変《か》わり、白目《しろめ》をむいてあえいでいます。

(プリムローズが死《し》にかけている！　なんとかしなくちゃ。)

でも魔法《まほう》は使《つか》えません。母《はは》の血《ち》をまだ飲《の》んでいないのです。一瞬考《いっしゅんかんが》えると、

(ラプンツェルの花《はな》よ！　ママの宝物《たからもの》を使《つか》えばいい。)

ゴーテルは近《ちか》くにあったオイルランプを掲《かか》げ、大声《おおごえ》でさけびました。

「ママ、やめて。やめないと、ここをぜんぶ焼《や》くわよ。」

マネアはぎょっとして、ゴーテルを見《み》つめました。

「ゴーテル、おやめ！　おまえは、みんなを焼《や》き殺《ころ》す気《き》か？」

「プリムローズを放《はな》して！　それまで、ランプはおろさない。」

「情《なさ》けない姉《あね》の肩《かた》をもつのか！　わかった。こんな娘《むすめ》、ほしくもない。」

マネアはプリムローズから離《はな》れ、言《い》います。

「そのおくびょう者《もの》をこの温室《おんしつ》から追《お》いだし、おまえも出《で》ていけ。あたしの気《き》が変《か》わって、おまえたちを皆殺《みなごろ》しにしないうちにね。さあ、今《いま》すぐ！」

ゴーテルはプリムローズにかけ寄《よ》りました。

「だいじょうぶ？　歩《ある》けそう？　ここから出《で》るのよ。」

プリムローズがふらふらと立《た》ち上《あ》がります。ゴーテルは、プリムローズを引《ひ》っ張《ぱ》って温室《おんしつ》を出《で》ると、ヘーゼルが倒《たお》れている場所《ばしょ》まで歩《ある》いていきました。マネアは温室《おんしつ》の窓辺《まどべ》に立《た》ち、娘《むすめ》たちの様子《ようす》をじっと見《み》ています。

「ヘーゼル、だいじょうぶ？」

ゴーテルは血《ち》まみれのヘーゼルを抱《だ》き起《お》こし、

「ママ、指一本動《ゆびいっぽんうご》かさないで！　さもないと、こうするわよ。」

オイルランプを振《ふ》り上《あ》げて、わめきました。

石《いし》のように無表情《むひょうじょう》のまま、ゴーテルを見《み》ていたマネアが、突然《とつぜん》、温室《おんしつ》の窓越《まどご》しに手《て》を上《あ》げました。

「ママ、やめて！　わたしたちを殺《ころ》さないで。」

ゴーテルの声《こえ》に、マネアの顔《かお》つきは一変《いっぺん》しました。

「おまえは殺《ころ》さないよ、ゴーテル。おまえを傷《きず》つけるのは、あたし自身《じしん》を傷《きず》つけるのと同《おな》じだからね。おまえには気《き》の毒《どく》だが、その二人《ふたり》には死《し》んでもらう。」

「いいえ、ママ。死《し》ぬのはあなたよ。」

ゴーテルはそう言《い》うなり、ランプを温室《おんしつ》に投《な》げ入《い》れました。

「ゴーテル！　何《なに》を！　なんてことをしてくれた！」

火《ひ》がラプンツェルの花《はな》に燃《も》え移《うつ》ると、マネアの体《からだ》がしぼみだし、美《うつく》しい顔《かお》がどんどん老《ふ》けていきます。

「ゴーテル！　ラプンツェルの花《はな》を絶《た》やすな！　それが──おまえの使命《しめい》！」

マネアは苦痛《くつう》にあえぎながら、一輪《りん》をゴーテルに向《む》かって投《な》げ──。

やがて炎《ほのお》にのまれて消《き》えました。

5 ゴーテルの計画《けいかく》

ゴーテルは図書室《としょしつ》のバルコニーから、焼《や》け落《お》ちた温室《おんしつ》を見《み》つめていました。

火《ひ》はまだくすぶりつづけ、がれきの上《うえ》から細《ほそ》い煙《けむり》が何本《なんぼん》か出《で》ています。寒《さむ》い朝《あさ》で、枯《か》れ木《き》の森《もり》には濃《こ》い灰色《はいいろ》の霧《きり》がかかり、いつもより、さらに不気味《ぶきみ》に見《み》えました。

——わたしが殺《ころ》した……わたしが、ママを殺《ころ》した。

この罪悪感《ざいあくかん》と後悔《こうかい》は、一生《いっしょう》自分《じぶん》につきまとうだろうと、ゴーテルは思《おも》いました。

同時《どうじ》に、恐《おそ》ろしい不安《ふあん》が、心《こころ》に満《み》ちてきたのです。

(わたしは結局《けっきょく》、ママの血《ち》を飲《の》まなかった。もしここで、森《もり》が誰《だれ》かに攻撃《こうげき》されたら？

いくら森《もり》や姉《ねえ》さんたちを守《まも》ろうとしても、わたしには何《なに》もできない。)

すると、いつのまにか横《よこ》に立《た》っていたヘーゼルが言《い》いました。

「だいじょうぶよ、ゴーテル。あの人《ひと》は、灰《はい》の中《なか》から生《い》き返《かえ》りはしない。ラプンツェルの花《はな》はぜんぶ燃《も》えてしまったし。」

「……ぜんぶじゃないわ。」

ゴーテルはドレスのポケットからラプンツェルの花《はな》を一輪《りん》取《と》りだすと、言《い》いました。

「一輪《りん》だけじゃ、あの人《ひと》が生《い》き返《かえ》るのは、むりよね？」

ヘーゼルがおびえたように言《い》うと、ゴーテルは首《くび》を横《よこ》にふりました。

「わたしが不安《ふあん》なのは、ママが生《い》き返《かえ》ることじゃないの。わたしたちのこれからよ。ママの血《ち》とママの魔力《まりょく》なしで、どうやって生《い》きのびるかってこと。」

ゴーテルは、くすぶっている温室《おんしつ》の残骸《ざんがい》を見《み》つめて、つづけました。

「昨日《きのう》の晩《ばん》は、わたし、姉《ねえ》さんたちを永久《えいきゅう》に失《うしな》ったかと思《おも》った。」

「でも、ゴーテル、わたしたちは生《い》きて、ここにいるわ。」

「ええ、そうね。プリムローズも。」

ゴーテルは目《め》を輝《かがや》かせました。

「そうよ！　プリムローズは、ママの血《ち》を飲《の》んでいる。あの子《こ》の血《ち》をもらえば、わたしたち儀式《ぎしき》をやり直《なお》せるわ！　わたし、ジェイコブ卿《きょう》に相談《そうだん》する。」

「だめよ！　あの子《こ》に、そんなこと、言《い》えない。」

「あの子《こ》って——わたしのこと？」

白《しろ》いナイトドレスのプリムローズが図書室《としょしつ》の中《なか》から問《と》いかけました。

「プリムローズ！　顔色《かおいろ》が真《ま》っ青《さお》よ。寝《ね》てなきゃ、だめじゃない！」

ヘーゼルがプリムローズにかけ寄《よ》りました。ゴーテルも後《あと》につづきます。

「ありがとう。でも、もう平気《へいき》。それよりあんたたち、何《なに》を話《はな》してたの？」

「何《なん》でもないわ。さあ、三人《にん》で朝食《ちょうしょく》にしましょうよ。」

ヘーゼルはプリムローズの腕《うで》に、そっとふれました。

「いやよ、ごまかさないで。二人《ふたり》で何《なに》を話《はな》してたか、言《い》って！」

プリムローズに迫《せま》られ、ヘーゼルはしぶしぶ答《こた》えました。

「ゴーテルとわたしはね、これからどうするかを話《はな》し合《あ》っていたの。」

「どうするかって？」

「そうね、つまり、この森《もり》に残《のこ》るか――生者《せいしゃ》の世界《せかい》に移《うつ》るか。」

「もちろん、ここを出《で》るべきよ。誰《だれ》がこんなところに住《す》みたがると思《おも》うの？」

プリムローズはきっぱりと言《い》い、まゆをひそめました。

「ゴーテル。まさか、あんた、ここに残《のこ》りたいの？　いいわよ。そうしたいなら、ご自由《じゆう》に。でも、わたしは、出《で》ていくわ。ヘーゼルもいっしょにね。」

「いいえ、プリムローズ。わたしはゴーテルと、ここに残《のこ》る。」

ヘーゼルが告《つ》げると、ゴーテルがつづけて言《い》いました。

「だからプリムローズ、あんたも残《のこ》って！　わたし、あんたたちが、絶対必要《ぜったいひつよう》なの。」

「ゴーテルはね、ママの血《ち》を飲《の》んだあんたの血《ち》を、わたしたち二人《ふたり》に分《わ》けてほしいと言《い》ってるの。そうすれば儀式《ぎしき》ができる。わたしたち三人《にん》ともママの魔力《まりょく》をもてるわ。」

プリムローズは、ヘーゼルをにらみつけました。

「ママの血《ち》がほしいから、わたしが必要《ひつよう》ってわけね。いいわよ、分《わ》けてあげる。でもその後《あと》すぐ、出《で》ていくわ。わたしは、死《し》んだ子《こ》どもたちを閉《と》じこめているような場所《ばしょ》にはいたくない！　三人《にん》いっしょに魔女《まじょ》になって、魔術《まじゅつ》をするなんて、絶対《ぜったい》いや！」

「じゃあ、なぜ、あんたは自分《じぶん》の血《ち》をわたしたちに分《わ》けると言《い》うの？」

ゴーテルの問《と》いに、プリムローズは目《め》をつり上《あ》げて答《こた》えました。

「ここから出《で》ていくための呪文《じゅもん》がほしいからよ。それに、愛《あい》するあんたたちを無防備《むぼうび》のまま、こんなところに残《のこ》しておけないから！」

プリムローズはそう言《い》うと、二人《ふたり》に背《せ》を向《む》け、図書室《としょしつ》を出《で》ていきました。ヘーゼルがその後《あと》を追《お》いかけます。

（しっかりしなくちゃ。まずはジェイコブ卿《きょう》を訪《たず》ねよう。）

一人残《ひとりのこ》されたゴーテルは、自分《じぶん》に言《い》い聞《き》かせました。

6 母《はは》の復讐《ふくしゅう》

炎《ほのお》の中《なか》に去《さ》ってしまった母《はは》の部屋《へや》へ入《はい》っていくプリムローズの後《あと》を、ヘーゼルがびっくりしながら追《お》いかけます。

「プリムローズ！　こんなところで、何《なに》をするつもり？」

「ママをしのびたいのよ。あんなママでも、わたしたちの母親《ははおや》だもの。」

「気持《きも》ちはわかるけど、わたしはここがきらい。図書室《としょしつ》に戻《もど》らない？　話《はなし》があるの。」

「いやよ、この部屋《へや》がいい。話《はなし》ならここで聞《き》くわ。で、ゴーテルは？」

「ゴーテルは今《いま》、ジェイコブ卿《きょう》のところへ行《い》っているはず。」

「ジェイコブ卿《きょう》って、あの……？」

「そう、骸骨《がいこつ》になりかけの大柄《おおがら》な死者《ししゃ》。ママの臣下《しんか》で恋人《こいびと》だった。」

「ああ、もう、いや！　死者《ししゃ》と話《はな》をするなんて、ぞっとする。」

「でもね、プリムローズ。わたしたちがここに住《す》みつづけるにしても、出《で》るにしても、妥協《だきょう》は必要《ひつよう》よ。ばらの茂《しげ》みにかかった魔法《まほう》は、とても強力《きょうりょく》なの。今《いま》のわたしたちには、どうやっても解《と》けないわ。しかも、この森《もり》を自由《じゆう》に出入《でい》りできるのはジェイコブ卿《きょう》一人《ひとり》なの。だからジェイコブ卿《きょう》に相談《そうだん》するのがいちばんだと思《おも》うのよ。」

「……わかった。」

プリムローズが答《こた》えたとたん、館全体《やかたぜんたい》がぐらぐら揺《ゆ》れだしました。

ヘーゼルは窓辺《まどべ》に走《はし》り寄《よ》るとさけびました。

「プリムローズ！　大変《たいへん》よ！　見《み》て！」

「あれは――何《なに》!?」

震《ふる》える二人《ふたり》の目《め》の前《まえ》で、空《そら》がみるみる巨大《きょだい》な黒《くろ》いうずまきにおおわれていきます。

「ヘーゼル、あれは、ママ？　あれはママなの？　ねえ！」

「きっと、そう。ママが怒《いか》りの竜巻《たつまき》で、この家《いえ》と森全体《もりぜんたい》を吹《ふ》き飛《と》ばそうとしてるのよ！」

黒《くろ》い竜巻《たつまき》は、巨大《きょだい》な枯《か》れ木《き》や墓石《はかいし》や温室《おんしつ》のがれきを手当《てあ》たりしだい吹《ふ》き飛《と》ばしながら、ぐんぐん館《やかた》に近《ちか》づいてきます。

「ゴーテルはどこ？　ゴーテルを見《み》つけなくちゃ！」

ヘーゼルはプリムローズの手《て》を引《ひ》いて、階段《かいだん》をかけおり、玄関《げんかん》に出《で》ました。

見《み》ると、ゴーテルががれきの中《なか》に立《た》ち、竜巻《たつまき》の中心《ちゅうしん》に向《む》かってさけんでいます。

「ママ、やめて！　姉《ねえ》さんたちに手《て》を出《だ》さないで！」

「ママ、やめて！　こっちへ来《こ》ないで！」

ヘーゼルとプリムローズも声《こえ》を合《あ》わせてさけびます。

黒《くろ》い竜巻《たつまき》の中《なか》から、母《はは》マネアの声《こえ》が聞《き》こえました。

「おろかなゴーテルよ。おまえはあたしを殺《ころ》せば、あたしから離《はな》れられると思《おも》った。そして姉《あね》たち二人《ふたり》を味方《みかた》につけてこの森《もり》を支配《しはい》しようとした。だがそれはむりだよ。

一人《ひとり》で生《い》きるのが、おまえの運命《うんめい》なのさ。わかったか！」

次《つぎ》の瞬間《しゅんかん》、竜巻《たつまき》は大《おお》きくなり、ヘーゼルとプリムローズを攻撃《こうげき》します。

「ママ、やめて！」

うずくまって震《ふる》えていたヘーゼルとプリムローズが、あおむけに倒《たお》れます。

ゴーテルは頭《あたま》に浮《う》かんだ呪文《じゅもん》を、大声《おおごえ》でとなえました。

「古今東西《ここんとうざい》の神々《かみがみ》よ、わが母《はは》を霧《きり》の向《む》こうへ送《おく》り、われらに新《あら》たな生《せい》を与《あた》えたまえ！」

とたんに、母《はは》マネアが悲鳴《ひめい》を上《あ》げ、わめきだしました。

「ああ！　何《なに》をする、ゴーテル！　おやめ。やめるんだ！」

「プリムローズ、ヘーゼル！　だいじょうぶ？」

ゴーテルは二人《ふたり》の姉《あね》のもとへかけ寄《よ》り、必死《ひっし》でほおをたたきます。

「プリムローズ！　ヘーゼル！　お願《ねが》い。目《め》をあけて！」

プリムローズの目《め》があき、ついでヘーゼルがせきこみながら起《お》き上《あ》がりました。

「ああ、よかった！　二人《ふたり》とも生《い》きていた。」

ゴーテルはほっとすると、泣《な》きながら、二人《ふたり》の姉《あね》を抱《だ》きしめました。

「ママは行《い》っちゃった？」

「たぶんね、プリムローズ。」

「でも、館《やかた》はめちゃくちゃ。」

「だいじょうぶよ、ヘーゼル。わたしたちの好《この》みどおりに、建《た》て直《なお》せばいいの。」

ゴーテルはそう言《い》うと、にっこり笑《わら》いました。

「新《あたら》しい家《いえ》、新《あたら》しい生活《せいかつ》。すばらしい人生《じんせい》が待《ま》ってるわよ。」

「でも、どうやって建《た》て直《なお》すの？」

プリムローズが聞《き》きました。

「ジェイコブ卿《きょう》に頼《たの》むのよ！　それにママの臣下《しんか》たちにも。」

「今《いま》はもう、あんたの臣下《しんか》よ。わかってる？　ゴーテル。」

ヘーゼルがゴーテルの手《て》を取《と》ると言《い》いました。

「そうね、そのとおり。」

ゴーテルは、静《しず》かにうなずきました。

7 死者《しし》の森《もり》の奇妙《きみょう》な三姉妹《しまい》

ゴーテルは、母《はは》の本《ほん》をもって、死者《しし》の森《もり》の「死者《しし》の町《まち》」と呼《よ》ばれる区域《くいき》に向《む》かいました。以前《いぜん》は二人《ふたり》の姉《あね》と、この辺《へん》をよく散歩《さんぽ》したものですが、二人《ふたり》は眠《ねむ》っているのです。ゴーテルは平《ひら》たいベッドのような墓石《はかいし》に、そっと寝《ね》ころびました。枯《か》れた柳《やなぎ》の枝々《えだえだ》を通《とお》して、日光《にっこう》が本《ほん》のページにさまざまな形《かたち》の影《かげ》を投《な》げかけます。今《いま》、ゴーテルが読《よ》んでいるのは、母《はは》が書《か》いた救済術《きゅうさいじゅつ》の本《ほん》。ゴーテルは最初《さいしょ》、姉《あね》たちがすぐに眠《ねむ》ってしまうのは、母《はは》に心《こころ》を傷《きず》つけられ、疲《つか》れているせいだと思《おも》っていました。けれども、何《なん》か月過《げつす》ぎても二人《ふたり》はいっこうによくなりません。これは何《なに》かあると、不安《ふあん》になりだしたのです。

（やっぱり、一日《いちにち》もはやく、プリムローズに血《ち》を分《わ》けてもらおう。）

と、ゴーテルは決心《けっしん》しました。儀式《ぎしき》を行《おこな》い、母《はは》の血《ち》が混《ま》じった血《ち》を分《わ》け合《あ》えば、三人《にん》とも魔女《まじょ》になれます。魔女《まじょ》になれば、姉《あね》たちもきっと元気《げんき》になるはずです。ただし、それには儀式《ぎしき》の方法《ほうほう》を書《か》いた文書《ぶんしょ》を見《み》つけなければ。しかも、血《ち》を分《わ》け合《あ》うと、三人《にん》が互《たが》いの心《こころ》を読《よ》めるようになることを、ゴーテルは本《ほん》で読《よ》んで知《し》っています。それはいやだとゴーテルは思《おも》っていました。

一方《いっぽう》、姉《あね》たちがいつも眠《ねむ》っているので、一人《ひとり》で行動《こうどう》する日《ひ》が増《ふ》えたゴーテルは、一人《ひとり》も自由《じゆう》でいいものだとも思《おも》いました。するとそのとき、

――おまえは、一人《ひとり》になる運命《うんめい》なのさ。

亡《な》き母《はは》の声《こえ》が、耳《みみ》に響《ひび》きました。ゴーテルはぎょっとしました。

（嘘言《うそい》わないで、ママ。わたしにはジェイコブ卿《きょう》がいる。臣下《しんか》の骸骨《がいこつ》たちも。もちろん、姉《ねえ》さんたちだっているわ。三人《にん》はいつもいっしょよ、永遠《えいえん》に。）

ゴーテルが、心《こころ》の中《なか》で言《い》い返《かえ》して立《た》ち上《あ》がると、

「ちょっと、お忘《わす》れ？　あんたの体《からだ》には、あんたのママの血《ち》が流《なが》れているのよ。」

不思議《ふしぎ》な声《こえ》が降《ふ》ってきました。びっくりして見《み》ると、女《おんな》が三人《にん》、枯《か》れた柳《やなぎ》の下《した》に立《た》っています。三人《にん》とも揃《そろ》って、おしゃれな黒《くろ》いロングドレス姿《すがた》です。

「あたしはルシンダ。この二人《ふたり》はマーサとルビー。〈奇妙《きみょう》な三姉妹《しまい》〉と呼《よ》ばれているの。」

奇妙《きみょう》な三姉妹《しまい》は、ゴーテルたち三姉妹《しまい》より一、二歳《さい》ほど上《うえ》でしょうか。肩《かた》までの黒《くろ》髪《かみ》、透《す》き通《とお》るような白《しろ》い肌《はだ》、黒《くろ》い目《め》と赤《あか》い唇《くちびる》をもつ、三人《にん》そっくりの美人《びじん》です。

（この人《ひと》たち、どこか、わたしと似《に》てる。でも、どこかしら？）

ゴーテルが心《こころ》の中《なか》で思《おも》ったとたん、

「そりゃもちろん、似《に》てるわよ。あんたもあたしたちも、魔女《まじょ》なんだから！」

ルシンダと名乗《なの》った女《おんな》は、けたけた笑《わら》うとつづけました。

「あたしたち、あんたの心《こころ》が読《よ》めるの。びくっとした？　でも、あんたに危害《きがい》を加《くわ》えるつもりはないの。だって、あんたを助《たす》けるためにここへ来《き》たんだもの。あたしたちは、死者《しし゛ゃ》の女王《じょおう》マネアを滅《ほろ》ぼしたあんたの苦《くる》しみを感《かん》じ取《と》ったの。それであんたを助《たす》けにきたのよ。姉《ねえ》さんたち、具合《ぐあい》が悪《わる》いんでしょ？」

「あなたたち、なぜ、そんなこと、知《し》ってるの？」

ゴーテルが不安《ふあん》げにたずねると、ルビーがきゃっきゃと笑《わら》い、マーサがおだやかに言《い》いました。

「あたしたち三人《にん》は、何《なん》でも知《し》ってるのよ。」

「そう……。じゃ、姉《あね》たちを治《なお》してもらう代《か》わりに、何《なに》をさしあげればいいの？」

ゴーテルは三姉妹《しまい》を見《み》つめました。

「あんたのお母《かあ》さんの本《ほん》を見《み》せて。あんたたち一族《いちぞく》の長寿《ちょうじゅ》の秘密《ひみつ》を知《し》りたいの。」

と、ルシンダが答《こた》え、

「あんたのだいじな姉《ねえ》さんたちを治《なお》してあげるのよ。けっしてお高《たか》くないでしょ。」

と、マーサがつづけると、奇妙《きみょう》な三姉妹《しまい》は三人揃《にんそろ》って、きゃあきゃあ笑《わら》いました。

（奇妙《きみょう》な三姉妹《しまい》って、いったい、どういう人《ひと》たちなの？）

ゴーテルは、わけがわかりません。今《いま》まで、自分《じぶん》の母《はは》と姉《あね》たちしか知《し》らなかったゴーテルの前《まえ》に、突然《とつぜん》見《み》たこともない魔女《まじょ》が三人《にん》も現《あらわ》れたのです。ゴーテルはおしゃべり魔女《まじょ》たちにすっかり圧倒《あっとう》されながら、自分《じぶん》が今《いま》までどれほど孤独《こどく》で世間知《せけんし》らずだったかを、改《あらた》めて感《かん》じていました。

「ちょっと待《ま》って！　あなたたち、どうやって、あのばらの茂《しげ》みを越《こ》えてきたの？」

ゴーテルが問《と》いつめると、奇妙《きみょう》な三姉妹《しまい》は、お互《たが》いの顔《かお》を見《み》つめます。

「あたしたちには、あたしたちのやり方《かた》があるの。」

ルシンダが、にっこりしました。

「じゃあ、わたしに魔力《まりょく》の使《つか》い方《かた》を、教《おし》えてくれる？」

ゴーテルがどきどきしながらたずねると、奇妙《きみょう》な三姉妹《しまい》は愉快《ゆかい》そうに笑《わら》い、

「ええ、もちろんよ、小《ちい》さな魔女《まじょ》ちゃん。喜《よろこ》んで、お教《おし》えするわ。」

と、口々《くちぐち》に言《い》いました。ゴーテルは、飛《と》び上《あ》がりたいほどうれしくなりました。ついに魔術《まじゅつ》の勉強《べんきょう》を手伝《てつだ》ってくれる魔女《まじょ》たちが現《あらわ》れたのです。しかもこの三人《にん》の魔女《まじょ》は、

ゴーテルの二人《ふたり》の姉《あね》の病《やまい》まで治《なお》してくれるというではありませんか！

「どうぞ、うちに泊《と》まって。いっしょにクリスマスを祝《いわ》いましょうよ！　今夜《こんや》は光《ひかり》の祭典《さいてん》にするつもりなの。」

ゴーテルが誘《さそ》うと、ルビーがうれしそうに言《い》います。

「枯《か》れ木《き》の森《もり》で、光《ひかり》のクリスマス!?　これは見逃《みのが》せないわよ！」

「もちろん、おじゃまさせて！　光栄《こうえい》だわ。」

ルシンダがつづけました。

「こちらへどうぞ。ジェイコブ卿《きょう》が、今晩《こんばん》の準備《じゅんび》をしてくれているの。皆《みな》さんは客間《きゃくま》で一休《ひとやす》みして。」

「ありがとう！　ゴーテルちゃん！」

奇妙《きみょう》な三姉妹《しまい》は、声《こえ》を合《あ》わせて言《い》いました。

「そうだわ！　ジェイコブ卿《きょう》について少《すこ》し、お話《はな》ししておきますね。彼《かれ》は――。」

「あたしたち、ジェイコブ卿《きょう》のことなら、よく知《し》ってるわ。心配《しんぱい》ご無用《むよう》。」

ルシンダが言《い》いました。

「ジェイコブ卿《きょう》のこと、なぜ知《し》ってるの？」

ゴーテルはぎょっとしました。

「あんたが『ジェイコブ卿《きょう》』と言《い》ったとたん、あたしたちの心《こころ》に彼《かれ》の姿《すがた》が映《うつ》ったのよ。」

マーサが答《こた》えました。

「ああ――そういうこと。」

ゴーテルは、少《すこ》し怖《こわ》くなってきました。

（この人《ひと》たち、本当《ほんとう》に厚意《こうい》で助《たす》けてくれるのかしら？　姉《ねえ》さんたちはどう思《おも》うかしら？）

そのとき、ルシンダが、

「純粋《じゅんすい》な厚意《こうい》よ。あたしたちを信用《しんよう》しなさいって！」

と言《い》ったのです。ゴーテルは心《こころ》の中《なか》を読《よ》まれることに、だんだん疲《つか》れてきました。

「あんたの姉《ねえ》さんたちと会《あ》うのが楽《たの》しみよ。」

奇妙《きみょう》な三姉妹《しまい》は、声《こえ》を合《あ》わせて言《い》います。ゴーテルは三人《にん》を、改装《かいそう》が終《お》わったばかりの中庭《なかにわ》に黙《だま》って招《まね》き入《い》れました。やがて、新《あたら》しい館《やかた》の玄関《げんかん》が見《み》えてきます。玄関《げんかん》の前《まえ》ではジェイコブ卿《きょう》が、臣下《しんか》の骸骨《がいこつ》たちの作業《さぎょう》をてきぱきと指揮《しき》していました。

「ジェイコブ卿《きょう》。ご紹介《しょうかい》します。ルシンダとマーサとルビー。うちのクリスマスにお招《まね》きしたの。」

ジェイコブ卿《きょう》は一瞬《いっしゅん》、言葉《ことば》を失《うしな》いましたが、すぐに気《き》をもち直《なお》して言《い》いました。

「ようこそ、皆様《みなさま》。ご用《よう》は〝レディ・ゴーテル〟を通《つう》じて、うけたまわります。」

「ありがとう！　ジェイコブ卿《きょう》！」

奇妙《きみょう》な三姉妹《しまい》が、口々《くちぐち》にさけびます。

ジェイコブ卿《きょう》は黙《だま》って一礼《いちれい》すると、ゴーテルたちに背《せ》を向《む》けました。

――そっくりな三《み》つ子《ご》は神々《かみがみ》からの祝福《しゅくふく》さ。できそこないたちめ。

ゴーテルの耳《みみ》に母《はは》の声《こえ》がまた聞《き》こえてきます。

(ママは死《し》ぬまで一度《いちど》も、わたしたちにやさしいことを言《い》ってくれなかった。おまけに、あれこれ嘘《うそ》をついて、わたしたちを操《あやつ》ろうとした。ママは最低《さいてい》!)

「あらら。あんたのママが言《い》ったことがぜんぶ嘘《うそ》だと思《おも》わないほうがいいわよ。」

またゴーテルの心《こころ》を読《よ》んだルシンダは、そう言《い》うと、突然《とつぜん》、

「どうせなら、お部屋《へや》は三人《にん》いっしょにしていただける?」

とつづけました。

「ええ、もちろん。それなら、ドラゴンの間《ま》がいいわ。」

ゴーテルはうなずくと、三人《にん》の先《さき》に立《た》って歩《ある》きだしました。ドラゴンの間《ま》は館《やかた》のこわれなかった区域《くいき》にある広々《ひろびろ》とした最高《さいこう》の部屋《へや》です。なぜ母《はは》が、このりっぱな部屋《へや》を使《つか》おうとしなかったのか、ゴーテルにはいつも謎《なぞ》でした。すると、

「あんたのママは、自分《じぶん》の母親《ははおや》が死《し》んだ部屋《へや》を使《つか》いたがらなかったようねえ。」

ルシンダがぽつりと言《い》いました。

「いったいどうして、そんなこと知《し》ってるの?」

ゴーテルは目《め》を丸《まる》くしてルシンダを見《み》つめると聞《き》きました。

「本《ほん》で読《よ》んだのよ。あんたたちは有名《ゆうめい》な一族《いちぞく》だから。まあ、すてきなお部屋《へや》！」

ゴーテルは、あっと声《こえ》を上《あ》げました。ドラゴンの間《ま》が一変《いっぺん》しています。それまで部屋《へや》にあった、無骨《ぶこつ》な三台《だい》の石《いし》のベッドが、いつのまにか見《み》たこともないような、深紅《しんく》の天蓋《てんがい》つきの華麗《かれい》なベッドに変《か》わっているのです。四本《ほん》の支柱《しちゅう》それぞれのてっぺんにはドラゴンの顔《かお》が飾《かざ》られ、深紅《しんく》のベッドカバーがかかっています。

「あたしたちが帰《かえ》ったら消《け》していいのよ、もちろんね。」

「もちろん……。では夕食《ゆうしょく》までごゆっくり。」

ゴーテルは、ドラゴンの間《ま》を出《で》て、後《うし》ろ手《で》にドアを閉《し》めました。

ふらふらと廊下《ろうか》を歩《ある》きだすゴーテルの背中《せなか》を、奇妙《きみょう》な三姉妹《しまい》の笑《わら》い声《ごえ》が追《お》いかけてきます。

（本当《ほんとう》に変《か》わった人《ひと》たち！）

ゴーテルは、ため息《いき》をつきました。

8 クリスマス

二組《ふたくみ》の姉妹《しまい》六人《にん》が館《やかた》の中庭《なかにわ》に立《た》ち、ジェイコブ卿《きょう》が出《で》てくるのを待《ま》っています。眠《ねむ》りからやっと覚《さ》めたヘーゼルとプリムローズも、いっしょにクリスマスを祝《いわ》うことになったのです。

「うう、寒《さむ》い！　まだかしら？　雪《ゆき》が降《ふ》ってきそうよ。」

プリムローズがつぶやいたとき、ジェイコブ卿《きょう》が玄関《げんかん》から出《で》てきました。

ジェイコブ卿《きょう》はたいまつを掲《かか》げて近《ちか》づいてくると、よく響《ひび》く声《こえ》で告《つ》げました。

「お待《ま》たせいたしました。今夜《こんや》は、この森《もり》の新《あら》たな女王《じょおう》にとって、初《はじ》めてのクリスマス。記念《きねん》に、この森《もり》で初《はじ》めての光《ひかり》の祭典《さいてん》をご覧《らん》に入《い》れましょう。」

ジェイコブ卿《きょう》が、たいまつを振《ふ》り上《あ》げ、玄関《げんかん》の前《まえ》に立《た》つ骸骨《がいこつ》の代表《だいひょう》に合図《あいず》します。

次《つぎ》の瞬間《しゅんかん》、館《やかた》は、あふれんばかりの光《ひかり》に包《つつ》まれました。

ゴーテルたちは思《おも》わず息《いき》を呑《の》み、目《め》を見張《みは》りながら言《い》いました。

「ああ！　なんてすてきなの！」

「お気《き》に召《め》していただき光栄《こうえい》です、ゴーテル女王《じょおう》。」

ジェイコブ卿《きょう》は半分《はんぶん》くずれかけた顔《かお》で微笑《ほほえ》むと、

「皆《みな》さん、館《やかた》の中《なか》へどうぞ。ゴーテル女王《じょおう》の晩餐《ばんさん》をお楽《たの》しみください。」

と告《つ》げました。

「行《い》きましょ、行《い》きましょ！」

ヘーゼルとプリムローズが、ゴーテルの手《て》を取《と》って歩《ある》きだします。

ゴーテルは幸《しあわ》せそうな姉《あね》たちを見《み》ると、自分《じぶん》までうれしくなりました。

「ところで、モーニングスター城《じょう》の神《かみ》の灯台《とうだい》みたいに光《ひか》ってる、あのお部屋《へや》は？」

ルビーが、ふと立《た》ち止《ど》まると指《ゆび》さしました。

「あれはこの館《やかた》の、朝《あさ》の間《ま》。館《やかた》を建《た》て直《なお》すとき、わたしが設計《せっけい》したの。」

ゴーテルがうれしそうに答《こた》えると、

「あんた、モーニングスター城《じょう》に行《い》ったことがあるの？」

マーサがびっくりして尋《たず》ねます。

「いいえ、本《ほん》で読《よ》んだだけ。わたしたちは、この森《もり》を一度《いちど》も離《はな》れたことがないの。」

ゴーテルは寂《さび》しそうに答《こた》え、みんなを朝《あさ》の間《ま》に案内《あんない》しました。仕事《しごと》を終《お》えた何百体《なんびゃくたい》もの骸骨《がいこつ》が、館《やかた》から出《で》て自分《じぶん》たちの墓穴《はかあな》へ帰《かえ》っていきます。

朝《あさ》の間《ま》の中央《ちゅうおう》には、ガラスのドームの天井《てんじょう》に向《む》かってまっすぐ伸《の》びた、美《うつく》しい枯《か》れ木《き》のクリスマスツリーの大木《たいぼく》がすえられていました。枝《えだ》という枝《えだ》には赤《あか》いガラスのハートや鳥《とり》や、光《ひかり》を受《う》けてさまざまな色《いろ》に変《か》わるガラス玉《だま》が華《はな》やかに揺《ゆ》れています。

部屋《へや》の奥《おく》には祭壇《さいだん》が設《もう》けられ、先祖《せんぞ》たちの肖像画《しょうぞうが》が、たくさんのろうそくの灯《ひ》に照《て》らされています。マネアの肖像画《しょうぞうが》も中央《ちゅうおう》でこちらをにらみつけています。

テーブルの上《うえ》には黄金色《こがねいろ》のベルと、たくさんの花《はな》やチョコレートなどのお菓子《かし》。サイドテーブルには、美《うつく》しいエメラルドのペンダント、粒《つぶ》ぞろいの真珠《しんじゅ》のネックレス、目《め》を見張《みは》るほど大《おお》きなダイヤモンドの指輪《ゆびわ》をはじめ、先祖伝来《せんぞでんらい》の宝飾品《ほうしょくひん》が形《かたち》よく並《なら》べられています。

「皆様《みなさま》、窓辺《まどべ》に寄《よ》って、どうぞ外《そと》をご覧《らん》ください。」

ジェイコブ卿《きょう》の声《こえ》が聞《き》こえました。中庭《なかにわ》の向《む》こうの新《あたら》しい温室《おんしつ》が、きらきらと輝《かがや》いています。ゴーテルは、はっとしました。

今《いま》まですっかり忘《わす》れていましたが、あれは、ラプンツェルの花《はな》が放《はな》つ光《ひかり》では？

(奇妙《きみょう》な三姉妹《しまい》は、知《し》っているのかしら？　ラプンツェルの花《はな》のことを。)

ゴーテルは突然《とつぜん》、不安《ふあん》になりました。

けれどもそのとき、もっと近《ちか》くで、別《べつ》の光《ひかり》が中庭《なかにわ》を照《て》らしはじめたのです。巨大《きょだい》な噴水《ふんすい》を取《と》り巻《ま》く石《いし》の踊《おど》り子《こ》たちの手《て》の上《うえ》で、ろうそくの光《ひかり》が次々《つぎつぎ》と灯《とも》りだし、同時《どうじ》に枯《か》れ木《き》の森《もり》の中《なか》から一つまた一つと、光《ひかり》が現《あらわ》れました。何千体《なんぜんたい》もの骸骨《がいこつ》が、ろうそくを手《て》に中庭《なかにわ》へ近《ちか》づいてきます。光《ひかり》の祭典《さいてん》、第《だい》二部《ぶ》の始《はじ》まりです。その輝《かがや》かしさは、奇《き》妙《みょう》な三姉妹《しまい》に、枯れ木《き》の森《もり》の新《あら》たな女王《じょおう》の実力《じつりょく》を見《み》せつけるのにじゅうぶんでした。

「ありがとう、ジェイコブ卿《きょう》。母《はは》が亡《な》くなってからずっと、わたしを支《ささ》えてくれて。」

ゴーテルは心《こころ》からお礼《れい》を言《い》いました。

「とんでもありません、わが女王《じょおう》。」

ジェイコブ卿《きょう》はゴーテルをやさしく見《み》つめました。ゴーテルは、奇妙《きみょう》な三姉妹《しまい》が訪《おとず》れて以来《いらい》、彼《かれ》が自分《じぶん》を「女王《じょおう》」と呼《よ》んでいることに気《き》づきました。

「皆様《みなさま》、どうぞお席《せき》に。晩餐《ばんさん》の用意《ようい》が整《ととの》いました。」

ジェイコブ卿《きょう》がよく響《ひび》く声《こえ》で告《つ》げます。大《おお》きなテーブルの上《うえ》には、精巧《せいこう》な骸骨《がいこつ》の刺繍《ししゅう》がされたナプキンをのせたすばらしい磁器《じき》のお皿《さら》と、銀《ぎん》のナイフとフォークが並《なら》べられています。晩餐《ばんさん》のメニューには、ジェイコブ卿《きょう》のはからいで、全員《ぜんいん》の好物《こうぶつ》が含《ふく》まれています。奇妙《きみょう》な三姉妹《しまい》は、シナモン入《い》りの冷《つめ》たいクリームを添《そ》えた焼《や》きりんごに歓声《かんせい》を上《あ》げました。

「どうして、あたしたちが、焼《や》きりんごが好《す》きだって知《し》ってたの？」

ルビーがうれしそうに聞《き》きました。

「ジェイコブ卿《きょう》は推理《すいり》の達人《たつじん》よ。お客様《きゃくさま》の趣味《しゅみ》だって、ぴたりと当《あ》てるの。」

ゴーテルは奇妙《きみょう》な三姉妹《しまい》に微笑《ほほえ》みかけると、言《い》いました。

驚《おどろ》いたことに、プリムローズもヘーゼルも料理《りょうり》をどんどん平《たい》らげています。二人《ふたり》とも最近《さいきん》になく顔色《かおいろ》がよく、とても元気《げんき》そうです。

「皆《みな》さんは何年《なんねん》ぐらい、魔術《まじゅつ》を勉強《べんきょう》したの？　どんな魔術《まじゅつ》ができるの？　そうだわ！　お住《す》まいは？　どうやって、わたしたちが、この森《もり》にいるのを見《み》つけたの？」

プリムローズは、奇妙《きみょう》な三姉妹《しまい》に次々《つぎつぎ》と質問《しつもん》の矢《や》を放《はな》ちます。こんなに積極的《せっきょくてき》なプリムローズを見《み》るのは、ゴーテルにとって本当《ほんとう》に久《ひさ》しぶりです。

「ちょっと、プリムローズ。お客様《きゃくさま》を、少《すこ》し休《やす》ませてあげてよ。」

ゴーテルが、困《こま》ったように言《い》いました。

「いいのよ、ゴーテル。あたしたちだって楽《たの》しいんだから。」

マーサはにっこり微笑《ほほえ》み、突然《とつぜん》、

「ねえ、あんたたち、相手《あいて》の心《こころ》が読《よ》めるようになりたいと思《おも》わない？」

と、ヘーゼルとプリムローズに聞《き》きました。

「え？　もしかして、あなたたち相手《あいて》の心《こころ》が読《よ》めるの⁉」

プリムローズは、思《おも》わず目《め》をしばたたかせます。

「もちろん！」

奇妙《きみょう》な三姉妹《しまい》は顔《かお》を合《あ》わせて、けたけた笑《わら》いました。

「相手《あいて》の心《こころ》が読《よ》めると便利《べんり》よ！　初《はじ》めて会《あ》った相手《あいて》とも、すぐにわかり合《あ》える。」

ルビーが言《い》い、ルシンダがつづけました。

「ヘーゼル。あんたは純粋《じゅんすい》な心《こころ》の持《も》ち主《ぬし》で、とても親切《しんせつ》。でも今《いま》は一つだけ、気《き》にしていることがある。あたしたちに聞《き》きたいことが。」

ヘーゼルは一瞬《いっしゅん》ぎょっとし、ルシンダをまっすぐ見《み》つめて聞《き》きました。

「皆《みな》さんはどうやって、この森《もり》に入《はい》れたの？　わたしたちの母《はは》はいつも、この森《もり》を取《と》り巻《ま》くばらの茂《しげ》みには、魔法《まほう》がかかっていると言《い》ってたのに。」

「ええ、そのとおりよ、ヘーゼル。でもあたしたちは、その魔法《まほう》を解《と》く呪文《じゅもん》を知《し》っているの。それにあんたたちが、気《き》にしないと思《おも》ったし。」

ルシンダは、ゆうゆうと微笑《ほほえ》んでみせましたが、ヘーゼルは首《くび》を横《よこ》にふりました。

「いいえ、気《き》にします。他人《たにん》の土地《とち》に、ことわりもなく立《た》ち入《い》るのは失礼《しつれい》じゃない？」

すると、プリムローズが横《よこ》からあわてて言《い》いました。

「ごめんなさい。ヘーゼルは、皆《みな》さんの魔力《まりょく》にびっくりしただけ。」

「ほんとに、そうなの？　ヘーゼル。」

ルビーが、たしかめました。ヘーゼルはすぐに、にっこりしました。

「ええ。失礼《しつれい》なことを言《い》って、悪《わる》かったわ。」

「謝《あやま》らないで、ヘーゼル。あたしたち、正直《しょうじき》な人《ひと》、大好《だいす》き！」

ルシンダの声《こえ》に、奇妙《きみょう》な三姉妹《しまい》は揃《そろ》って作《つく》り笑《わら》いをしました。

「ねえ、姉《ねえ》さんたち。皆《みな》さんにお好《す》きなだけ泊《と》まって、ママの本《ほん》を自由《じゆう》に読《よ》んでもらってもいい？　そのあいだに、わたしたちに魔術《まじゅつ》を教《おし》えてもらうの！」

「あら、ゴーテル！　それっていい考《かんが》えねえ。大賛成《だいさんせい》！」

プリムローズは、うきうきと答《こた》え、

「あんた、どう思《おも》う？　ヘーゼル。」

と聞《き》きました。ヘーゼルは奇妙《きみょう》な三姉妹《しまい》をじっと見《み》つめると、言《い》いました。

「わたしも、プリムローズに賛成《さんせい》よ。でもゴーテル、あんた、わたしたちに何《なに》か隠《かく》していることがあるんじゃない？」

ゴーテルが答《こた》えにつまると、ルシンダが代《か》わりに答《こた》えました。

「そうよ、ヘーゼル。じつはね、ゴーテルはあんたとプリムローズのことを、とても心配《しんぱい》しているの。それで、あたしたちに助《たす》けてほしいと、招待《しょうたい》したのよ。」

「ゴーテル！　あんた、わたしとヘーゼルのどこが心配《しんぱい》なの？」

プリムローズがくってかかると、ゴーテルはため息《いき》をつきました。

「あんたとヘーゼルは、ママの竜巻《たつまき》に攻撃《こうげき》されてから、ずっと具合《ぐあい》が悪《わる》いでしょ。もしかして、ママが、あんたたちに致命傷《ちめいしょう》を負《お》わせたんじゃないかと……。」

「ゴーテル！　わたしたち、疲《つか》れてるだけよ。大《おお》げさに心配《しんぱい》しないでったら！」

「いいえ、プリムローズ。わたしたちは、やっぱり具合《ぐあい》が悪《わる》いわよ。とっても……。」

ヘーゼルが横《よこ》から言《い》いました。

「そうかしら？　わたしたち――そんなに重病《じゅうびょう》？」

プリムローズが真《ま》っ青《さお》になると、マーサが胸《むね》を張《は》って言《い》いました。

「だいじょうぶよ、プリムローズ。あたしたち三姉妹《しまい》が力《ちから》を貸《か》してあげる。あんたたちの一族《いちぞく》は長命《ちょうめい》だし、お母《かあ》さんの本《ほん》のどこかに、答《こた》えがあるはず。」

「じゃ、安心《あんしん》していいのね！　ああ！　どうぞ、お願《ねが》い。」

プリムローズはたちまち元気《げんき》を取《と》り戻《もど》し、奇妙《きみょう》な三姉妹《しまい》の手《て》を握《にぎ》りしめました。

それから、ゴーテルは、みんなのプレゼントをあけました。

9 血《ち》と花《はな》

枯《か》れ木《き》の森《もり》では、クリスマスから数週間《すうしゅうかん》が過《す》ぎました。

奇妙《きみょう》な三姉妹《しまい》はまだゴーテルたちの館《やかた》に滞在《たいざい》しています。

最初《さいしょ》から三姉妹《しまい》を不審《ふしん》に思《おも》っているジェイコブ卿《きょう》は、不満《ふまん》を隠《かく》して働《はたら》きつづけ、ヘーゼルとプリムローズはついにベッドから起《お》き上《あ》がれなくなりました。

ゴーテルは奇妙《きみょう》な三姉妹《しまい》とともに、毎日図書室《まいにちとしょしつ》で母《はは》の本《ほん》を調《しら》べています。けれども解決《かいけつ》の方法《ほうほう》はいっこうに見《み》つかりません。しかも二人《ふたり》は日々《ひび》、激《はげ》しい痛《いた》みに苦《くる》しむようになったのです。そんなある日《ひ》、マーサが言《い》いました。

「魔法《まほう》で深《ふか》く眠《ねむ》らせることもできるのよ。」

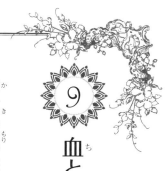

「だめだめ！　眠《ねむ》ったまま死《し》んでしまったら、どうするの!?」

ゴーテルは、すぐ断《ことわ》りました。

「だったら、二人《ふたり》を〈夢《ゆめ》の国《くに》〉に送《おく》るのは、どう？　夢《ゆめ》の国《くに》なら、のんびり過《す》ごせて、痛《いた》みに苦《くる》しむことはないわ。」

マーサは自信《じしん》に満《み》ちた目《め》で言《い》いました。

「だめよ！　夢《ゆめ》の国《くに》からは、こっちに連絡《れんらく》できないんでしょ。本《ほん》で読《よ》んだわ。」

「わかった。じゃあ、せいぜい痛《いた》み止《ど》めの煎《せん》じ薬《ぐすり》を作《つく》ってあげる。」

提案《ていあん》を拒否《きょひ》されたマーサは、がっくり肩《かた》を落《お》として図書室《としょしつ》を出《で》ていきました。

ゴーテルは調《しら》べものに戻《もど》りましたが、集中《しゅうちゅう》できません。

（マーサの申《もう》し出《で》を断《ことわ》って本当《ほんとう》によかったのかしら……。）

苦《くる》しむ姉《あね》たちのことを考《かんが》えると、急《きゅう》に自信《じしん》がなくなったのです。すると、

――地下室《ちかしつ》の石壁《いしかべ》。上《うえ》から七段目《だんめ》。いちばん右《みぎ》の石《いし》！

突然耳《とつぜんみみ》に、母《はは》の大声《おおごえ》が響《ひび》きました。

「なんですって？　ママ。」

ゴーテルの問《と》いかけを無視《むし》するように、母《はは》の声《こえ》はつづきます。

――あたしの血《ち》はそこにある。おまえだけのために。飲《の》むのだ、ゴーテル。そうすれば、儀式《ぎしき》をせずとも、おまえは魔女《まじょ》になれる。

「でもママ。姉《ねえ》さんたちは？」

――おまえが魔女《まじょ》になれば治《なお》る。ゴーテルよ！　鍵《かぎ》は階段《かいだん》の横《よこ》のごみ箱《ばこ》の中《なか》だ。おろかな姉《あね》たちのために、だいじな母親《ははおや》を殺《ころ》した腹黒《はらぐろ》い、残酷《ざんこく》な娘《むすめ》よ。

ゴーテルは、図書室《としょしつ》を飛《と》びだしました。

（ママの血《ち》が残《のこ》ってた！　これで、姉《ねえ》さんたちを治《なお》せる！）

すると、廊下《ろうか》の向《む》こうから、マーサが走《はし》ってきました。

「へーゼルが――何《なに》か言《い》いたいって！」

「ありがとう！　すぐ行《い》くわ、マーサ！」

ゴーテルが寝室《しんしつ》にかけこんだとたん、へーゼルが言《い》いました。

「ゴーテル。あんたが――大好《だいす》きよ。わたしの手《て》を握《にぎ》って。」

ゴーテルは言《い》われるままにヘーゼルの手《て》を握《にぎ》りました。

「わたしはあんたを信《しん》じてる。自分《じぶん》の思《おも》うように――して。」

ヘーゼルがそう言《い》うと、ゴーテルは泣《な》き崩《くず》れます。

「ヘーゼル、ありがとう。プリムローズもわたしを――許《ゆる》してくれるかしら？」

ヘーゼルは弱々《よわよわ》しく微笑《ほほえ》んで、うなずきました。

「ええ……だいじょうぶよ、ゴー……テル。わたしたち……二人《ふたり》……とも……。」

「ありがとう！　ヘーゼル。」

ヘーゼルはまた眠《ねむ》りに落《お》ちました。プリムローズは先《さき》ほどから眠《ねむ》ったままです。

「地下室《ちかしつ》に行《い》ってくる。わたしが戻《もど》るまで、三人《にん》で姉《あね》たちを見《み》てて。お願《ねが》い！」

「もちろんよ。」

ルシンダが言《い》い、マーサとルビーが揃《そろ》ってうなずきました。

ゴーテルは急《いそ》いで寝室《しんしつ》を後《あと》にし、地下室《ちかしつ》の鍵《かぎ》をごみ箱《ばこ》から取《と》って、扉《とびら》の鍵穴《かぎあな》にさしこみました。とたんに、なんとも言《い》えない気分《きぶん》に襲《おそ》われたのです。

(ここには悪意《あくい》がこもっている。ママの悪意《あくい》が。)

自分《じぶん》を励《はげ》まして、地下室《ちかしつ》の扉《とびら》をあけ、階段《かいだん》を少《すこ》しおりると、石《いし》の壁《かべ》を見《み》つめました。

(上《うえ》から七段目《だんめ》。いちばん右《みぎ》の石《いし》。)

すると、石《いし》が動《うご》いて、勢《いきお》いよくゴーテルの胸《むね》をつきました。

「痛《いた》っ!」

それはまるで、母《はは》の最後《さいご》の一撃《いちげき》のようです。

母《はは》の血《ち》は、たしかにありました。中《なか》をくりぬかれた石《いし》のひきだしの中《なか》に。密封《みっぷう》された、小《ち》さなガラス瓶《びん》につめられて。

瓶《びん》の横《よこ》には、一通《つう》の手紙《てがみ》が置《お》かれています。封筒《ふうとう》をあけたとたん、ゴーテルはぞっとしました。見覚《みおぼ》えのある母《はは》の字《じ》。あて名《な》はゴーテルです。

「ゴーテル、わが腹黒《はらぐろ》き娘《むすめ》よ。

おまえが、この手紙《てがみ》を読《よ》むときには、あたしは霧《きり》の中《なか》に消《き》えた後《あと》。

この瓶《びん》を見《み》つけたおまえはおそらく、あたしの言《い》うことを聞《き》かず、この血《ち》を姉《あね》たち二人《ふたり》と分《わ》け合《あ》おうと企《たくら》むだろう。だがそれは、やめることだ。

この血《ち》はおまえだけのためにある。

あたしの跡《あと》を継《つ》いで、この森《もり》の女王《じょおう》となるのはおまえ一人《ひとり》。

もし、姉《あね》たちの病《やまい》をいやしたければ、ラプンツェルの花《はな》を用《もち》いよ。

二人《ふたり》を温室《おんしつ》の花《はな》の中《なか》に連《つ》れていき、次《つぎ》の呪文《じゅもん》をとなえること。

花《はな》はきらめく　魔法《まほう》の花《はな》
時《とき》をもどせ　過去《かこ》にもどせ
傷《きず》をいやせ　運命《うんめい》の川《かわ》　さかのぼれ
よみがえらせろ　過去《かこ》の夢《ゆめ》

ラプンツェルの花《はな》が輝《かがや》きを増《ま》すにつれ、姉《あね》たちは快復《かいふく》するだろう。

花《はな》を守《まも》れ、わが腹黒《はらぐろ》き娘《むすめ》。おまえがあたしと先祖《せんぞ》たちに霧《きり》の中《なか》で出会《であ》うときまで。

おまえの母《はは》より」


ゴーテルは地下室《ちかしつ》から飛《と》びだし、姉《あね》たちの寝室《しんしつ》へ突進《とっしん》しました。ところが、階段《かいだん》をかけのぼると、ルビーが向《む》こうから泣《な》きわめきながら走《はし》ってくるのが見《み》えたのです。

「ああ、気《き》の毒《どく》に！　なんてこと。」

ルビーはゴーテルの手《て》を取《と》りました。ルビーと寝室《しんしつ》に行《い》くと、ルシンダとマーサが二人《ふたり》の姉《あね》の上《うえ》におおいかぶさって泣《な》きじゃくっています。

「どういうこと？」

ゴーテルは二人《ふたり》の姉《あね》のベッドにかけ寄《よ》りました。

「わからないのよ！　二人《ふたり》とも、同時《どうじ》に息《いき》が止《と》まったの。」

マーサが泣《な》きじゃくりながら言《い》いました。

「ジェイコブ卿《きょう》！　ジェイコブ卿《きょう》！」

ゴーテルは暖炉《だんろ》の横《よこ》のレバーを引《ひ》いて、ベルを激《はげ》しく鳴《な》らしました。

五分《ふん》もしないうちに、ジェイコブ卿《きょう》が入《はい》ってきました。

「ジェイコブ卿《きょう》！　今《いま》すぐ、ヘーゼルとプリムローズを温室《おんしつ》へ運《はこ》んで！　慎重《しんちょう》に！」

ジェイコブ卿《きょう》は何《なに》も聞《き》かず、すぐに臣下《しんか》の骸骨《がいこつ》たちを呼《よ》び集《あつ》めて、二人《ふたり》を温室《おんしつ》に運《はこ》ぶと、静《しず》かにゆかに横《よこ》たえました。

ゴーテルはポケットから母《はは》の手紙《てがみ》を取《と》りだし、震《ふる》える声《こえ》で、呪文《じゅもん》をとなえました。

花《はな》はきらめく　魔法《まほう》の花《はな》
時《とき》をもどせ　過去《かこ》にもどせ
傷《きず》をいやせ　運命《うんめい》の川《かわ》　さかのぼれ
よみがえらせろ　過去《かこ》の夢《ゆめ》

ラプンツェルの花《はな》はさらに輝《かがや》きました。けれども、二人《ふたり》の姉《あね》の様子《ようす》は変《か》わりません。

「一輪《りん》だけでは足《た》りないのでは？」

ジェイコブ卿《きょう》がささやくように言《い》うと、

「あたしたちにもとなえさせて。みんなで力《ちから》を合《あ》わせるのよ！」

ルシンダが言《い》いました。

すると突然《とつぜん》、ヘーゼルとプリムローズの体《からだ》が震《ふる》え、目《め》があいたのです。

「お願《ねが》い、ゴーテル。わたしたちを、死《し》なせて！」

プリムローズが体《からだ》を激《はげ》しく震《ふる》わせ、目《め》をむいてさけびました。

「お願《ねが》い！　みんな、二人《ふたり》をこっちの世界《せかい》へ呼《よ》びもどして！」

ゴーテルは両手《りょうて》で耳《みみ》をふさぐと、さけびました。

すると、二人《ふたり》の体《からだ》が温室《おんしつ》のゆかをのたうち回《まわ》りだしました。二人《ふたり》はやがて、ゴーテルたちに黒《くろ》い油《あぶら》をどっと吐《は》きかけると、急《きゅう》に動《うご》かなくなりました。

「ヘーゼル！　プリムローズ！　お願《ねが》い！　目《め》をあけて。」

ゴーテルは泣《な》きながら、二人《ふたり》の姉《あね》のほおをたたきつづけます。

マーサとルビーがゴーテルを抱《だ》き取《と》るようにして、二人《ふたり》の姉《あね》から引《ひ》き離《はな》しました。

ルシンダはゴーテルの顔《かお》を見《み》つめると、言《い》いました。

「聞《き》いて、ゴーテル。あんたの姉《ねえ》さんたちは死《し》んだ。もう、どうしようもないの。」

「いやあああ！」

ゴーテルは恐《おそ》ろしい悲鳴《ひめい》を上《あ》げました。

「モリアーレ！（張《は》り詰《つ》めた気持《きも》ちよ、ゆるめ！）」

ルシンダは、ゴーテルを呪文《じゅもん》で眠《ねむ》らせました。

二人《ふたり》の姉《あね》を失《うしな》ったゴーテルは、ついに一人《ひとり》で生《い》きることになったのです――母《はは》の予《よ》言《げん》どおりに。

10 一輪《りん》だけのラプンツェル

ルシンダの呪文《じゅもん》を身《み》に受《う》けたゴーテルは、こんこんと眠《ねむ》りつづけます。

奇妙《きみょう》な三姉妹《しまい》は次《つぎ》に、魔法《まほう》をもう一つだけ、ゴーテルにかけました。

「お悔《く》やみを言《い》うわ、小《ちい》さな魔女《まじょ》ちゃん。」

ルシンダが眠《ねむ》っているゴーテルの上《うえ》にかがみこみ、

「世間《せけん》は暗《くら》く、利己的《りこてき》で、残酷《ざんこく》よ。」

「光《ひかり》が一《ひと》すじでも入《はい》ってくれば、すぐにつぶしたがる。」

マーサとルビーがつづけ、

「だから、ここで、ゆっくりお眠《ねむ》り！　いつまでも。」

三人揃《にんそろ》ってささやいて、ゴーテルのほおにキスしたのです。これで魔法《まほう》は完成《かんせい》。

「必要《ひつよう》なときは、いつでもまた、あたしたちを呼《よ》んでね、ジェイコブ卿《きょう》。」

ルシンダがにっこり微笑《ほほえ》むと、ジェイコブ卿《きょう》は、ていねいにお礼《れい》を言《い》いました。でも、もちろん三人《にん》を呼《よ》び戻《もど》すつもりなど、まったくなかったのです。

「連絡用《れんらくよう》の大《おお》ガラスを一羽《わ》、置《お》いていくわ。じゃ、またね。」

ルシンダがジェイコブ卿《きょう》に別《わか》れを告《つ》げ、三姉妹《しまい》はこともなげに、魔法《まほう》のかかったばらの茂《しげ》みを越《こ》えていきました。

ジェイコブ卿《きょう》は館《やかた》の敷地《しきち》の、中庭《なかにわ》を入《はい》ったすぐ左手《ひだりて》に、ヘーゼルとプリムローズのための大《おお》きな霊廟《れいびょう》を用意《ようい》し、ゴーテルの姿《すがた》をかたどった、美《うつく》しい天使《てんし》の石像《せきぞう》を置《お》きました。最初《さいしょ》は、二人《ふたり》を死者《ししゃ》の町《まち》の一角《いっかく》に葬《ほうむ》ろうとしたのですが、森《もり》の土《つち》にはマネアの魔術《まじゅつ》がかかっています。ヘーゼルとプリムローズがマネアに操《あやつ》られて動《うご》きだすことは、なんとしても避《さ》けなくてはなりません。

ジェイコブ卿《きょう》は次《つぎ》に、ゴーテルのベッドのわきのテーブルに、一輪《りん》のラプンツェルの花《はな》を植《う》えた鉢《はち》を置《お》き、毎日《まいにち》、ゴーテルのベッドの前《まえ》で、マネアから伝《つた》えられた魔法《まほう》の花《はな》の呪文《じゅもん》をとなえました。おかげでゴーテルの若々《わかわか》しい顔《かお》は変《か》わらず、豊《ゆた》かな黒髪《くろかみ》に一《ひと》すじも白《しろ》いものが混《ま》じることはありませんでした。

こうして数百年《すうひゃくねん》もたつと、さすがのジェイコブ卿《きょう》も不安《ふあん》になってきました。

（ゴーテル様《さま》は、目覚《めざ》めるのだろうか……？）

そしてとうとう、奇妙《きみょう》な三姉妹《しまい》に相談《そうだん》しようか、と思《おも》いはじめたのです。

見《み》ると、枯《か》れ木《き》の森《もり》の中《なか》でも、とりわけ大《おお》きな木《き》のこずえに、三姉妹《しまい》が置《お》いていった大《おお》ガラスがとまっています。ジェイコブ卿《きょう》は急《いそ》いで奇妙《きみょう》な三姉妹《しまい》に手紙《てがみ》を書《か》き、この大《おお》ガラスにもたせました。枯《か》れ木《き》の森《もり》は、あまりにも長《なが》いあいだ、女王不在《じょおうふざい》のままで、やってきました。そのあいだに、まわりの村《むら》はしゃれた都会《とかい》になり、山《やま》の向《む》こうにはいつのまにか、りっぱな城《しろ》まで建《た》っています。

（一刻《いっこく》もはやく、ゴーテル女王《じょおう》に目覚《めざ》めていただかなければ。）

と、ジェイコブ卿《きょう》は思《おも》いました。

奇妙《きみょう》な三姉妹《しまい》からは、思《おも》いがけない返事《へんじ》が来《き》ました。大《おお》ガラスが運《はこ》んできた手紙《てがみ》で、三人《にん》がそれぞれに、申《もう》しわけないが、すぐには行《い》けないと言《い》ってきたのです。なんでも、妹《いもうと》のキルケが今《いま》、大変《たいへん》な目《め》にあっていて、それが片《かた》づくまではそちらに行《い》けないというのです。その代《か》わり三人《にん》は、ジェイコブ卿《きょう》がみずからゴーテルを目覚《めざ》めさせるための呪文《じゅもん》を教《おし》えてくれました。さらに、自分《じぶん》たちの代《か》わりにと、一匹《ぴき》のねこを館《やかた》に送《おく》りつけてきたのです。黒《くろ》とオレンジの斑点《はんてん》がある白《しろ》い顔《かお》に、黒《くろ》く縁《ふち》どられた金色《きんいろ》の目《め》。それは美《うつく》しい毛並《けな》みのめすねこで、名前《なまえ》はフランツェ。マシュマロのようなかわいい前足《まえあし》をきちんと揃《そろ》え、首《くび》をかしげて大《おお》きな瞳《ひとみ》をしばたたかせました。ジェイコブ卿《きょう》は、魔《ま》ねこフランツェをたちまち気《き》に入《い》りました。

ジェイコブ卿《きょう》は、奇妙《きみょう》な三姉妹《しまい》から教《おし》えられた呪文《じゅもん》を使《つか》うのを、一日《いちにち》のばしにしていました。呪文《じゅもん》で目覚《めざ》めたゴーテルが、姉《あね》たちを失《うしな》った悲《かな》しみを改《あらた》めて味《あじ》わうのかと思《おも》うとあわれで、とても気《き》が進《すす》まないのです。けれども、これ以上《いじょう》この森《もり》を、女王不在《じょおうふざい》にしておくわけにはいきません。

（ゴーテル様《さま》は悲《かな》しみを乗《の》り越《こ》え、きっとすばらしい女王《じょおう》になってくださるだろう。）

ジェイコブ卿《きょう》は自分《じぶん》にそう言《い》い聞《き》かせました。すると、翌朝《よくあさ》、フランツェがゴーテルのベッドの上《うえ》に飛《と》び乗《の》り、ゴーテルに寄《よ》り添《そ》うように体《からだ》を丸《まる》めたのです。

（今《いま》こそ、そのときよ、ジェイコブ卿《きょう》。あなたの女王《じょおう》を目覚《めざ》めさせるとき。）

フランツェの声《こえ》がジェイコブ卿《きょう》の耳《みみ》に響《ひび》き渡《わた》りました。昔《むかし》マネアもよく、こんなふうに、耳《みみ》の中《なか》に話《はな》しかけてきたものだと、ジェイコブ卿《きょう》は思《おも》いました。

そして同時《どうじ》に、「いつかこの場所《ばしょ》を二人《にん》の魔女《まじょ》が破壊《はかい》するだろう。」というマネアの予言《よげん》のことを思《おも》いだしたのです。

ゴーテルは、母《はは》マネアが予言《よげん》した、死者《ししゃ》の森《もり》を滅《ほろ》ぼす魔女《まじょ》は自分《じぶん》だと思《おも》ったまま、眠《ねむ》りこんでしまいました。けれどもジェイコブ卿《きょう》は、それはゴーテルではなく、ルシンダかマーサかルビーの一人《ひとり》だと、固《かた》く信《しん》じてきました。でも今《いま》、その考《かんが》えがゆるぎだしているのです。もしかして、マネアが予言《よげん》した魔女《まじょ》は、じつはマネア自身《じしん》だったのではないかと。すると、フランツェの声《こえ》が耳《みみ》に響《ひび》きました。

（どれだって、気《き》にすることはないわ。そのような話《はなし》は、昔《むかし》からよくあるわ。）

ジェイコブ卿《きょう》は黙《だま》ってうなずきました。フランツェの言《い》うとおりです。彼《かれ》は奇妙《きみょう》な三姉妹《しまい》が書《か》いてきた呪文《じゅもん》を、ポケットから取《と》りだし、眠《ねむ》っているゴーテルの前《まえ》で読《よ》み上《あ》げました。

悲《かな》しみにくれる　この娘《むすめ》を目覚《めざ》めさせ
光《ひかり》に照《て》らせ
彼女《かのじょ》の悲《かな》しみを　ことごとく
夜《よる》のかなたに　追放《ついほう》せよ

ゴーテルの目《め》がゆっくりと開《ひら》きます。天井《てんじょう》をにらみ、あたりを見回《みまわ》し、やがて静《しず》かにベッドの上《うえ》に起《お》き上《あ》がると、たしかめるように聞《き》きました。

「二人《ふたり》は――死《し》んだんでしょ？」

血《ち》の気《け》がうせたほおに、涙《なみだ》が流《なが》れ落《お》ちます。

「お気《き》の毒《どく》に……。」

ジェイコブ卿《きょう》がつぶやくと、ゴーテルはベッドに倒《たお》れ伏《ふ》し、激《はげ》しく泣《な》きだしました。

「ママは正《ただ》しかった。わたしは一人《ひとり》になる運命《うんめい》だったのね。」

ゴーテルはふたたび、眠《ねむ》りに落《お》ちました。

＊＊＊

ゴーテルがふたたび目覚《めざ》めると、記憶《きおく》が次第《しだい》に戻《もど》ってきました。

そのとき、二人《ふたり》の姉《あね》を失《うしな》ったと改《あらた》めて思《おも》い知《し》りました。

(姉《ねえ》さんたちが死《し》んでどのくらいになるのだろう？　奇妙《きみょう》な三姉妹《しまい》に聞《き》けばわかるかしら？)

ゴーテルは思《おも》いました。

ふと見《み》ると、きれいなねこがベッドに乗《の》って、自分《じぶん》を見《み》ています。

ゴーテルは目《め》をしばたたかせました。

「あなた、誰《だれ》？」

（わたしはフランツェ。奇妙《きみょう》な三姉妹《しまい》のねこよ。あなたは、二人《ふたり》のお姉《ねえ》さんを取《と》り戻《もど》したいのね。そして、花《はな》のことで悩《なや》んでいるみたい。）

ねこの言葉《ことば》がわかったことに驚《おどろ》きつつ、ゴーテルは答《こた》えます。

「そう！　ラプンツェルの花《はな》一輪《りん》では、死者《ししゃ》を生《い》き返《かえ》らせられないと……。」

（花《はな》はあなたが眠《ねむ》っているあいだに増《ふ》えたわ。あなたが若《わか》いままなのも、そのおかげ。）

「わたし、かなり眠《ねむ》っていたみたいね。ともかく、花《はな》を見《み》なくちゃ。」

ゴーテルはベッドから起《お》き上《あ》がりました。

そのとき、ノックの音《おと》がし、ジェイコブ卿《きょう》が飛《と》びこんできました。

「ゴーテル様《さま》！　今《いま》すぐ、ねこのフランツェを連《つ》れて、この森《もり》から出《で》てください！　馬車《ばしゃ》を用意《ようい》いたしました。奇妙《きみょう》な三姉妹《しまい》には大《おお》ガラスをやって、あなた様《さま》の今後《こんご》のお住《す》まいを連絡《れんらく》しました。さあ、はやく！」

「いったい、どういうこと？　説明《せつめい》して。」

ゴーテルはジェイコブ卿《きょう》を問《と》いつめました。ジェイコブ卿《きょう》は答《こた》えました。

「山《やま》の向《む》こうの王国《おうこく》の兵士《へいし》が攻《せ》めてきます。ラプンツェルの花《はな》を奪《うば》いに！」

「なぜ？」

「みごもった王妃《おうひ》が、重病《じゅうびょう》にかかったらしいのです。それで王《おう》が花《はな》を……。」

「姉《あね》たちを置《お》いてはいけないわ。花《はな》も——。」

「わかっています。お姉様《ねえさま》たちのご遺体《いたい》は、それぞれ木箱《きばこ》におおさめし、ラプンツェルの花《はな》をつめました。花《はな》は道中《どうちゅう》、お姉様《ねえさま》たちを守《まも》ってくれるでしょう。」

「なんですって！　ジェイコブ卿《きょう》。花《はな》をぜんぶ摘《つ》んでしまったの？」

ジェイコブ卿《きょう》は悲《かな》しげに答《こた》えました。

「一輪《りん》だけ残《のこ》して。だいじょうぶ、新居《しんきょ》には、もっと植《う》えてございます。」

「あなたは？　ジェイコブ卿《きょう》！　あなたは来《き》てくれないの!?」

「はい、ゴーテル様《さま》。最後《さいご》までここを守《まも》るのが、わたくしの役目《やくめ》。あなたとの毎日《まいにち》はとても楽《たの》しゅうございました。ご先祖《せんぞ》の財産《ざいさん》はすべて別《べつ》の馬車《ばしゃ》に積《つ》みこみました。どうぞご安心《あんしん》なさって、新《あたら》しい生活《せいかつ》を。さあ、はやく！　乗《の》って。」

「ああ、ジェイコブ卿《きょう》！」

ゴーテルは、今《いま》や骨《ほね》ばかりとなったジェイコブ卿《きょう》を抱《だ》きしめました。

馬車《ばしゃ》は走《はし》りだし、ゴーテルが生《う》まれ育《そだ》った世界《せかい》が、どんどん遠《とお》ざかっていきました。

11 ゴーテルの新《あたら》しい家《いえ》

ここはゴーテルの新居《しんきょ》の横《よこ》の、広《ひろ》い野原《のはら》。

「ゴーテルたちの馬車《ばしゃ》、まだ来《こ》ないわねえ。」

「もうとっくに、着《つ》いてるころなのに……。」

マーサとルビーが口々《くちぐち》に言《い》い、遠《とお》くの道《みち》に目《め》をこらします。

「途中《とちゅう》で休憩《きゅうけい》しているのかもしれない。まあ、ちょっと待《ま》ってみましょ。」

ルシンダはそう言《い》うと、野原《のはら》の向《む》こうに立《た》つ、大《おお》きな屋敷《やしき》に目《め》をやりました。

大木《たいぼく》に囲《かこ》まれた美《うつく》しい豪邸《ごうてい》は以前《いぜん》、ジェイコブ卿《きょう》が何《なに》かのときのためにと、ある貴《き》族《ぞく》から手《て》に入《い》れたもの。ゴーテルはきょうから、ここに住《す》むことになるのです。

野原《のはら》には黄色《きいろ》い花《はな》が咲《さ》き乱《みだ》れ、右手《みぎて》には石《いし》の橋《はし》がかかった小川《おがわ》。橋《はし》を渡《わた》れば、いちばん近《ちか》くの町《まち》に行《い》けるのです。町《まち》の向《む》こうには高《たか》い山《やま》と城《しろ》がそそり立《た》っています。

野原《のはら》の左手《ひだりて》は切《き》り立《た》った崖《がけ》で、その下《した》は激《はげ》しく波打《なみう》つ海《うみ》です。

「あんたたち、二人《ふたり》でここにいて、ゴーテルたちを待《ま》っていてくれる？　そのあいだに、あたしは町《まち》に行《い》って、ゴーテルの新《あたら》しい生活《せいかつ》に必要《ひつよう》な品《しな》を揃《そろ》えてくるわ。」

ルシンダはそう言《い》うと、野原《のはら》の一角《いっかく》に停《と》めてある、空飛《そらと》ぶ魔女《まじょ》の館《やかた》に向《む》かいました。

ルシンダ一人《ひとり》を乗《の》せた魔女《まじょ》の館《やかた》は空高《そらたか》く舞《ま》い上《あ》がり、雲《くも》の中《なか》に消《き》えました。

やがて、かわいい小《ちい》さな町《まち》が見《み》えてきます。ルシンダは町《まち》はずれの空《あ》き地《ち》に魔女《まじょ》の館《やかた》を停《と》めると、しっかりした足取《あしど》りで歩《ある》きはじめました。

仕立屋《したてや》、肉屋《にくや》、ケーキ屋《や》。広場《ひろば》では青空市《あおぞらいち》も開《ひら》かれています。

（ゴーテルが、こんな景色《けしき》を見《み》たら、きっと、びっくりするわね。枯《か》れ木《き》の森《もり》にいたら、考《かんが》えられないことだものねえ！）

ルシンダは思《おも》わず微笑《ほほえ》みます。

仕立屋《したてや》の窓《まど》には、求人《きゅうじん》や求職《きゅうしょく》の小《ちい》さな紙《かみ》がたくさん貼《は》られていました。ルシンダが店《みせ》に足《あし》を踏《ふ》み入《い》れると、カウンターの奥《おく》から女店主《おんなてんしゅ》が出《で》てきました。

「いらっしゃいませ。何《なに》かおさがしでしょうか？」

「ええ、そうなの。お店《みせ》の窓《まど》の貼《は》り紙《がみ》を見《み》てねえ。じつは、妹《いもうと》がこの近《ちか》くに越《こ》してくるのを手伝《てつだ》いにきたの。妹《いもうと》のために、住《す》みこみで買《か》い出《だ》しや調理《ちょうり》をしてくれる人《ひと》を紹介《しょうかい》してもらえないかしら。」

女店主《おんなてんしゅ》は、ぱっと顔《かお》を輝《かがや》かせると、

「それなら、ぴったりの人《ひと》がいます。ティドルボトム夫人《ふじん》といいましてね。身元《みもと》は保《ほ》証《しょう》いたします。ちょっと年《とし》はいっていますが、正直《しょうじき》で元気《げんき》な働《はたら》き者《もの》です。」

と言《い》いました。ルシンダはにっこり微笑《ほほえ》んでうなずき、

「よろしくお願《ねが》い。そうそう！　あたしは、ルシンダ・ホワイトといいますのよ。」

「わたしはミス・ラブレースと申《もう》します。六年前《ねんまえ》、ここに家《いえ》を買《か》い、店《みせ》を出《だ》しました。」

「それは、それは！」

ルシンダは女店主《おんなてんしゅ》にゴーテルの住所《じゅうしょ》を教《おし》え、銅貨《どうか》を二枚渡《まいわた》しました。

「少《すく》ないけど、お礼《れい》よ、ミス・ラブレース。」

「ありがとうございます！　またのご来店《らいてん》を。」

女店主《おんなてんしゅ》は大喜《おおよろこ》びで、ルシンダを送《おく》りだしました。

（さて、次《つぎ》は食料《しょくりょう》ね。）

ルシンダは肉屋《にくや》や八百屋《やおや》を回《まわ》ると配達《はいたつ》を頼《たの》みます。それから、ゴーテルの夕食用《ゆうしょくよう》の食材《しょくざい》をつめたバスケットを一つだけさげて、空飛《そらと》ぶ魔女《まじょ》の館《やかた》に乗《の》りこみました。

魔女《まじょ》の館《やかた》が、ゴーテルの新居《しんきょ》の上空《じょうくう》にさしかかると、ゴーテルたちの馬車《ばしゃ》や荷馬車《にばしゃ》が一列《れつ》になって、屋敷《やしき》の前《まえ》に停《と》まっているのが見《み》えました。

（よかった！　ゴーテルは着《つ》いたのね！　フランツェもだいじょうぶかしら。）

魔女《まじょ》の館《やかた》を、野原《のはら》の元《もと》の場所《ばしょ》に着地《ちゃくち》させます。すぐにマーサとルビーが、屋敷《やしき》の中《なか》から走《はし》り出《で》てきてさけびました。

「ルシンダ！　お帰《かえ》り！　ゴーテルもフランツェも無事《ぶじ》よ。」

「よかった！　こっちは新《あたら》しいお手伝《てつだ》いを雇《やと》ったわ。ティドルボトム夫人《ふじん》。」

「ティドルボトム夫人《ふじん》!?　へんてこりんな名前《なまえ》！」

ルビーがきゃっきゃと笑《わら》うと、マーサは心配《しんぱい》そうに言《い》いました。

「ゴーテルはあたしたちに、ラプンツェルの花《はな》を分《わ》けてくれるかしら？」

「そうねえ、マーサ。それより、ゴーテルの様子《ようす》は？」

「ああ、ルシンダ。ゴーテルは二階《かい》で、ぐっすり眠《ねむ》ってる。フランツェが見《み》てるわ。」

「かわいそうに。生《う》まれ育《そだ》った森《もり》から追《お》われ、ジェイコブ卿《きょう》も姉《あね》たちも失《うしな》って。」

ルビーがつづけます。ルシンダは二人《ふたり》に向《む》かって、深《ふか》くうなずきました。

「できるだけのことをしてあげましょ。あの子《こ》はあたしたちの妹同然《いもうとどうぜん》だから。」

「そうね、ルシンダ。でもキルケのことは？　あたしたちの本当《ほんとう》の妹《いもうと》のことは？」

「ああ、キルケ！　キルケを取《と》り戻《もど》さなくては！」

マーサとルビーが次々《つぎつぎ》とさけび、奇妙《きみょう》な三姉妹《しまい》は、揃《そろ》って頭《あたま》をかかえました。

12
本物《ほんもの》の魔女《まじょ》

ゴーテルが目《め》をあけると、奇妙《きみょう》な三姉妹《しまい》が揃《そろ》って心配《しんぱい》そうにのぞいているのが見《み》えました。ずいぶん長《なが》いあいだ会《あ》っていないのに、三人《にん》の顔《かお》はなぜか、若《わか》く美《うつく》しいままです。

「あんただって、同《おな》じよ。」

ルシンダがゴーテルの心《こころ》を読《よ》むと言《い》いました。

「みんなでいっしょにクリスマスを祝《いわ》ったのが、百年《ねん》も前《まえ》みたい。」

「あらあ、何百年《なんびゃくねん》も前《まえ》じゃなかったかしら？」

マーサとルビーが、きゃっきゃと笑《わら》います。

「わたしには――昨日《きのう》みたいに思《おも》えるけど。」

ゴーテルは、ぼんやりと、つぶやきました。

「あんたがこの家《いえ》に越《こ》してきたら、時間《じかん》がゆっくり流《なが》れだしたみたいねえ。」

ルシンダはゴーテルを見《み》つめると、

「あんたは、ママの血《ち》を飲《の》んだ。」

と言《い》いました。ゴーテルは息《いき》を呑《の》みました。

「ママの血《ち》を飲《の》んだ？　ゴーテルは、あなたたちが、飲《の》ませたの？」

「そ！　ジェイコブ卿《きょう》の頼《たの》みでね。たしたちの家《いえ》に案内《あんない》するわ。空飛《そらと》ぶ魔女《まじょ》の館《やかた》よ。」

ルシンダは急《いそ》いで言《い》うと、ゴーテルの手《て》を取《と》り、ベッドから助《たす》け起《お》こしました。

＊＊＊

「家《いえ》なんて――どこにあるの？」

ゴーテルは、三人《にん》と花咲《はなさ》く野原《のはら》を歩《ある》きながら、目《め》をしばたたかせました。

ルシンダは微笑《ほほえ》むと、ポーチから小《ちい》さな袋《ふくろ》を出《だ》し、

「ほら、手《て》を出《だ》して。」

青《あお》い粉《こな》をひとつまみ、ゴーテルのてのひらにのせました。

「さあ、あっちの方向《ほうこう》に吹《ふ》いて。」

ゴーテルが吹《ふ》くと、目《め》の前《まえ》に突然《とつぜん》、一軒《けん》のかわいい館《やかた》が姿《すがた》を現《あらわ》したのです。

「驚《おどろ》いた？　ふだんはね、魔女《まじょ》以外《いがい》には見《み》えないようにしてあるの。」

奇妙《きみょう》な三姉妹《しまい》は、声《こえ》を合《あ》わせて笑《わら》いました。

「じゃ、わたしは、魔女《まじょ》じゃないんだ……。ママの血《ち》を飲《の》んだのに。」

ゴーテルがぽつんとつぶやくと、

「だいじょうぶよ、もう五百年《ねん》もすれば、効《き》いてくるわ。」

ルシンダが、ゴーテルをそっと抱《だ》き寄《よ》せながら言《い》い、

「それに、あんたには、ラプンツェルの花《はな》があるんだし。」

マーサがつづけます。すると、

「さあ、入《はい》って。それにしても、ジェイコブ卿《きょう》は、いい隠《かく》し場所《ばしょ》を見《み》つけたものね。ラプンツェルの花《はな》をこの黄色《きいろ》い花《はな》の中《なか》に置《お》いたら、まったく区別《くべつ》がつかないもの。」

ルビーが、魔女《まじょ》の館《やかた》のドアをあけながら言《い》いました。ゴーテルは、ラプンツェルの花《はな》が一輪《りん》も咲《さ》いていないのを見《み》て、はっとしました。

（ジェイコブ卿《きょう》は、ここにたくさん、ラプンツェルの花《はな》を植《う》えたと言《い》った。でも、それがいつのまにか、普通《ふつう》の花《はな》に変《か》わってしまった!?）

「となれば、あんたに残《のこ》されたのは、森《もり》の館《やかた》からもってきた一輪《りん》だけ？」

ルシンダが、さっそくゴーテルの心《こころ》を読《よ》むと、たしかめるように聞《き》きました。

「そうね……。」

ゴーテルはぽつりと答《こた》えます。奇妙《きみょう》な三姉妹《しまい》は口々《くちぐち》に言《い》い立《た》てました。

「ゴーテル。あたしたち、あんたを妹《いもうと》だと思《おも》ってる。」

「だったら、あなたたちの魔力《まりょく》を分《わ》けて。ママの血《ち》が効《き》いてくるまででいいの。」

ゴーテルは、必死《ひっし》に頼《たの》みこみました。ところが三人《にん》は揃《そろ》ってうなだれ、

「ごめん。それは、むり。」

ルシンダが、小《ちい》さな声《こえ》で言《い》ったのです。

「あたしたち、とても強力《きょうりょく》な呪文《じゅもん》を使《つか》ったばかりなの。これ以上《いじょう》、力《ちから》を使《つか》うと——。」

マーサの言葉《ことば》に、ゴーテルは目《め》をむきました。

「待《ま》って。その呪文《じゅもん》、どこで見《み》つけたの？」

ルビーがにやりと笑《わら》うと答《こた》えました。

「もちろん、あんたのお母《かあ》さんの本《ほん》でよ。あんた、読《よ》んでいいって言《い》ったでしょ。」

「ええ、言《い》った。その代《か》わり、わたしに魔法《まほう》を教《おし》えてほしいともね。約束忘《やくそくわす》れた？」

答《こた》えにつまる三人《にん》を、ゴーテルはさらに追及《ついきゅう》しました。

「わたしが飲《の》んだのは、本当《ほんとう》に母《はは》の血《ち》？　もしかして、ブタの血《ち》かなんかだったんじゃないの？　ジェイコブ卿《きょう》は、あなたたち三人《にん》をひそかに恐《おそ》れていた。あなたたちが、あの森《もり》を破壊《はかい》すると。そして、わたしからすべてを奪《うば》い去《さ》るとね！」

「ゴーテル、落《お》ち着《つ》いて。」

ルシンダがなだめると、ルビーが思《おも》わずドレスのスカートのポケットをおさえます。

ゴーテルはすかさず、その手《て》をつかみました。

「手《て》に泥《どろ》がついてるわね。わたしのラプンツェルの花《はな》をどこへやったの？」

「やめて！　ゴーテル、やめて！」

泣《な》きわめくルビーに、ルシンダが薄笑《うすわら》いを浮《う》かべると言《い》いました。

「安心《あんしん》して、ルビー。その子《こ》は何《なに》もできない。魔女《まじょ》でもなんでもないんだから！」

ゴーテルはその場《ば》に立《た》ちすくみ、三人《にん》の顔《かお》をまじまじと見《み》つめました。真実《しんじつ》とはいえ、なんと意地悪《いじわる》な言《い》い方《かた》でしょう。同時《どうじ》に三人《にん》の真《しん》の姿《すがた》が、ゴーテルの目《め》にはっきりと映《うつ》りました。若《わか》く美《うつく》しい外見《がいけん》の下《した》の、古《ふる》い人形《にんぎょう》のような、真《ま》っ白《しろ》い不気味《ぶきみ》な顔《かお》と小《ちい》さな赤《あか》い唇《くちびる》。子《こ》どものような体格《たいかく》。邪悪《じゃあく》な目《め》つき。遠《とお》い昔《むかし》に、ゴーテルが初《はじ》めて知《し》り合《あ》ったときの三人《にん》とは別人《べつじん》のようです。

「さあ、ルビー。はやく返《かえ》して。どこにあるの！」

ゴーテルの言葉《ことば》に、ルビーはしぶしぶ、戸棚《とだな》の中《なか》からラプンツェルの花《はな》を植《う》えた鉢《はち》を取《と》りだしました。

「わたしが眠《ねむ》っているあいだに盗《ぬす》んだのね。どうして⁉」

声《こえ》を荒《あら》らげるゴーテルに、ルシンダが、ぼそぼそと答《こた》えました。

「自分《じぶん》たちのためじゃないわ。ある親《した》しい魔女《まじょ》のために使《つか》わせてほしかったの。妖精《ようせい》として生《う》まれ、妖精《ようせい》につまはじきにされた、若《わか》く優秀《ゆうしゅう》な魔女《まじょ》、マレフィセントのために。」

「でも、マレフィセントはたしか、妖精《ようせい》の国《くに》を破壊《はかい》しかけたんでしょ？　手紙《てがみ》で読《よ》んだわよ。そんな邪悪《じゃあく》な魔女《まじょ》を救《すく》おうというの⁉　そして、わたしには何一《なにひと》つ、してくれない！　あなたたち、変《へん》よ！　信用《しんよう》できない！」

「わかって！　ゴーテル。これは人助《ひとだす》けなの！」

奇妙《きみょう》な三姉妹《しまい》は必死《ひっし》で頼《たの》みこみますが、ゴーテルは首《くび》を横《よこ》にふりました。

「花《はな》は一輪《りん》しかないの。渡《わた》せない。使《つか》いたかったら、わたしもその場《ば》にいさせて。」

「だめよ。あんたには魔力《まりょく》がない。いっしょに来《き》たら、危険《きけん》だわ。」

「わかったわ、ルシンダ。ならば花《はな》は渡《わた》さない。姉《あね》たちを救《すく》うために使《つか》うんだから。」

次《つぎ》の瞬間《しゅんかん》、ゴーテルは頭《あたま》に浮《う》かんだ呪文《じゅもん》をとなえました。

「古今東西《ここんとうざい》の神々《かみがみ》よ、死者《ししゃ》たちに命《いのち》を与《あた》えたまえ。わが願《ねが》いを聞《き》きたまえ。」

「ちょっと何《なに》？　ゴーテルは、何《なに》を始《はじ》めたの？」

マーサが恐《おそ》ろしそうにささやき、ルシンダはけたけたと笑《わら》いだしました。

「ゴーテルが魔術《まじゅつ》のまねごとをしてるのよ！　ばかばかしい。」

とたんに、魔女《まじょ》の館《やかた》が激《はげ》しく揺《ゆ》れだしました。窓《まど》という窓《まど》が破《わ》れ、ゆかにガラスの破片《はへん》が飛《と》び散《ち》ります。奇妙《きみょう》な三姉妹《しまい》は抱《だ》き合《あ》って震《ふる》えました。

「ゴーテル！　何《なに》やっているの！　やめなさい！」

「古今東西《ここんとうざい》の神々《かみがみ》よ――。」

ゴーテルが手《て》をふると、ルビーの手《て》の中《なか》で植木鉢《うえきばち》が割《わ》れ、ラプンツェルの花《はな》がゴーテルの腕《うで》の中《なか》に飛《と》びこんできました。

次《つぎ》の瞬間《しゅんかん》、野原《のはら》のあちこちが爆発《ばくはつ》し、土《つち》の中《なか》から骸骨《がいこつ》の一団《いちだん》が現《あらわ》れ、いっせいに魔《ま》女《じょ》の館《やかた》に押《お》し寄《よ》せると、破《わ》れた窓《まど》からどんどん入《はい》りこんできます。

「ゴーテル、やめて！　あの骸骨《がいこつ》どもを止《と》めて！」

ルシンダの悲鳴《ひめい》とともに、ゴーテルの体《からだ》がキッチンの丸窓《まるまど》をつきぬけ、野原《のはら》のはての、花咲《はなさ》くりんごの木《き》に激突《げきとつ》しました。骸骨《がいこつ》はみな、粉《こな》みじんとなりました。

ゴーテルは黄色《きいろ》い花《はな》の咲《さ》き乱《みだ》れる野原《のはら》にあおむけに倒《たお》れ、雲《くも》の中《なか》に去《さ》っていく魔女《まじょ》の館《やかた》を見《み》つめていました。

＊＊＊

「ゴーテル様《さま》！　だいじょうぶですか!?　おけがは？」

ティドルボトム夫人《ふじん》がゴーテルの屋敷《やしき》から飛《と》びだしてくると、ゴーテルを抱《だ》きかかえて言《い》いました。

「じつは――山《やま》の向《む》こうの王国《おうこく》の兵隊《へいたい》が、橋《はし》を渡《わた》ってやってきました。臨月《りんげつ》に近《ちか》い王《おう》妃《ひ》の病気《びょうき》がぶり返《かえ》し、魔法《まほう》の花《はな》がもう一度《いちど》ほしいのだとか……。」

「大変《たいへん》！　姉《ねえ》さんたちをどうしよう。いえ、ともかくあなたは逃《に》げて！」

あわてふためくゴーテルに、ティドルボトム夫人《ふじん》は言《い》いました。

「お聞《き》きください。魔法《まほう》の花《はな》とは、あなた様《さま》の横《よこ》に落《お》ちている花《はな》ですね。わたしは何《なに》も事情《じじょう》を知《し》りません。お姉様《ねえさま》たちのことも。でも、人生《じんせい》、何《なに》より生《い》きのびることがいちばんですよ。ここはわたしにお任《まか》せください。」

ティドルボトム夫人《ふじん》はそう言《い》うと、ラプンツェルの花《はな》を拾《ひろ》い、ゴーテルを地下室《ちかしつ》に隠《かく》れさせました。そして、やってきた兵士《へいし》たちに、さんざんごちそうすると、言《い》われるままにラプンツェルの花《はな》を渡《わた》し、山《やま》の向《む》こうへ帰《かえ》したのです。

「あの国《くに》へ行《い》く。花《はな》を取《と》り返《かえ》してくるわ。」

兵隊《へいたい》たちが引《ひ》き上《あ》げるとすぐ、ゴーテルはティドルボトム夫人《ふじん》に宣言《せんげん》しました。

13 さらわれてきた赤《あか》ん坊《ぼう》

ゴーテルが山《やま》の向《む》こうの王国《おうこく》へ出発《しゅっぱつ》してから、何週間《なんしゅうかん》か過《す》ぎました。

ティドルボトム夫人《ふじん》は心配《しんぱい》をごまかすために、一日中《いちにちじゅう》パイやケーキばかり焼《や》いています。さらに数週間《すうしゅうかん》がたつと、さすがに心配《しんぱい》でいたたまれなくなりました。

ちょうどそのとき、ゴーテルが一人《ひとり》の赤《あか》ん坊《ぼう》を抱《だ》いて、ゆうゆうと、屋敷《やしき》に戻《もど》ってきたのです。

「いったい、この赤《あか》ん坊《ぼう》は、どこの子《こ》ですか？」

目《め》を丸《まる》くするティドルボトム夫人《ふじん》に、ゴーテルは、

「わたしの〈花《はな》〉よ。」

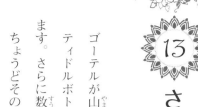

と答《こた》えました。

「あなたの〈花《はな》〉？　ゴーテル様《さま》、花《はな》というより人間《にんげん》の赤《あか》ん坊《ぼう》に見《み》えますけどね。」

「つまり、わたしの花《はな》を食《た》べた女《おんな》が産《う》んだ赤《あか》ん坊《ぼう》、ということ。」

「では、この赤《あか》ちゃんは、あの国《くに》の王女様《おうじょさま》だということですか？　ゴーテル様《さま》！　他《た》人《にん》の子《こ》をさらってくるなんて、いったい、どういうおつもりです！」

ティドルボトム夫人《ふじん》がまゆをひそめて聞《き》くと、ゴーテルはくやしそうに答《こた》えました。

「よく聞《き》いて、ティドルボトム夫人《ふじん》。この子《こ》の父親《ちちおや》の兵隊《へいたい》たちが、わたしの王国《おうこく》をめちゃめちゃにしたのよ。彼《かれ》は妻《つま》に与《あた》えるために、わたしの花《はな》を奪《うば》った。そして生《う》まれたのがこの赤《あか》ん坊《ぼう》。この子《こ》は、わたしのだいじな〈花《はな》〉。もしわたしの母《はは》が生《い》きていたら、この子《こ》の父親《ちちおや》の王国《おうこく》を破壊《はかい》していたに違《ちが》いない。わたしはこの子《こ》をさらうだけでがまんした。ありがたいと思《おも》ってもらわなくちゃ。」

「さあ……それはどうでしょう。」

ティドルボトム夫人《ふじん》が悲《かな》しげに首《くび》を横《よこ》にふると、

「目《め》には目《め》をよ。知《し》らないの？」

ゴーテルはぴしりと言《い》い返《かえ》しました。

「で、ゴーテル様《さま》。この赤《あか》ちゃんを、なんと呼《よ》びましょう？」

ティドルボトム夫人《ふじん》はため息《いき》まじりに聞《き》きました。

「ラプンツェル。」

ゴーテルはそれだけ言《い》うと、ティドルボトム夫人《ふじん》に赤《あか》ん坊《ぼう》を押《お》しつけ、さっさと地《ち》下室《かしつ》へおりていきました。

「――とりあえずは、あなたの世話係《せわがかり》を雇《やと》いましょうね。」

ティドルボトム夫人《ふじん》は、出産《しゅっさん》まもなく夫《おっと》と赤《あか》ん坊《ぼう》を失《うしな》った若《わか》い女性《じょせい》を見《み》つけ、乳母《うば》として雇《やと》い入《い》れました。それから、ゴーテルが姉《あね》の赤《あか》ん坊《ぼう》をあずかることになったと、言《い》いふらしました。若《わか》い乳母《うば》はとても仕事《しごと》が速《はや》く、しかも愛情深《あいじょうぶか》い女性《じょせい》だとわかります。ティドルボトム夫人《ふじん》は、この乳母《うば》が、まるで神々《かみがみ》からの贈《おく》り物《もの》のようだと喜《よろこ》びました。

乳母《うば》は、屋敷《やしき》の二階《かい》の一室《いっしつ》をもらい、一日中《いちにちじゅう》ラプンツェルのめんどうを見《み》ました。

それから、数年後《すうねんご》。生《う》まれたての赤《あか》ん坊《ぼう》だったラプンツェルは、ゴーテルの屋敷《やしき》ですくすくと育《そだ》ちました。ティドルボトム夫人《ふじん》はラプンツェルのために、せっせとごちそうを作《つく》り、乳母《うば》はラプンツェルをお風呂《ふろ》に入《い》れ、楽《たの》しげに食事《しょくじ》の世話《せわ》をします。そして毎日《まいにち》、女主人《おんなしゅじん》のゴーテルの代《か》わりに、屋敷《やしき》の横《よこ》の野原《のはら》を散歩《さんぽ》させました。

ゴーテルは毎晩《まいばん》、お休《やす》みの前《まえ》に一度《ど》だけ、幼《おさな》いラプンツェルを抱《だ》きしめにきました。それから呪文《じゅもん》のような歌《うた》を聞《き》かせながら金色《きんいろ》のきれいな髪《かみ》をとかしてやると、そのまま地下室《ちかしつ》にかけ戻《もど》りました。ゴーテルの様子《ようす》は、日々《ひび》奇妙《きみょう》になっていきます。

（ゴーテル様《さま》は地下室《ちかしつ》で何《なに》をしているのかしら？）

ティドルボトム夫人《ふじん》はさまざまな空想《くうそう》にふけると、ときどき怖《こわ》くなりました。

そのあいだにも、ゴーテルの奇妙《きみょう》な行動《こうどう》は、ますますひどくなっていきます。

ラプンツェルには自分《じぶん》を「お母様《かあさま》」と呼《よ》んで話《はな》しかけ、ラプンツェルのことは、

「わたしの〈花《はな》〉」としか呼《よ》びません。

ゴーテルの異様《いよう》な行動《こうどう》に、ティドルボトム夫人《ふじん》はやがて、ラプンツェルさえいなければ、すぐにもここを逃《に》げだしたいと思《おも》うようになりました。

何《なに》より、山《やま》の向《む》こうの国王夫妻《こくおうふさい》に王女《おうじょ》はここにいると、連絡《れんらく》することもできないのです。ゴーテルと話《はな》し合《あ》いたいと何度《なんど》も思《おも》いましたが、そんな機会《きかい》は訪《おとず》れません。しかもあるときからゴーテルは、奇妙《きみょう》な三姉妹《しまい》とそっくりの服装《ふくそう》をするようになったのです。豪華《ごうか》な刺繍《ししゅう》をほどこした黒《くろ》いドレス。カールをいくつも作《つく》り、鳥《とり》の羽根《はね》の髪飾《かみかざ》りをつけた黒髪《くろかみ》。真《ま》っ白《しろ》く塗《ぬ》った顔《かお》と真《ま》っ赤《か》な唇《くちびる》。

「この身《み》なりは、『交感《こうかん》』魔術《まじゅつ》の一つなの。二人《ふたり》の姉《あね》を生《い》き返《かえ》らせるために、感情《かんじょう》が通《つう》じ合《あ》うこの魔術《まじゅつ》をつづけなければならないのよ。」

ある日《ひ》ゴーテルは、ティドルボトム夫人《ふじん》にこう言《い》い、すべてを告白《こくはく》しました。ティドルボトム夫人《ふじん》は驚《おどろ》きあきれ、とてもついていけないと思《おも》いました。そして、あわれなラプンツェルに、ゴーテルに代《か》わって愛情《あいじょう》を注《そそ》ぐことにしたのです。

14

戻《もど》ってきた奇妙《きみょう》な三姉妹《しまい》

それからさらに、何年《なんねん》かが過《す》ぎました。

きょうはラプンツェルの八歳《さい》の誕生日《たんじょうび》。ティドルボトム夫人《ふじん》と乳母《うば》はキッチンで、お祝《いわ》いの準備《じゅんび》におおわらわです。そこへ、

「わたしの〈花《はな》〉は、どこ？」

ゴーテルが目《め》をつり上《あ》げて、入《はい》ってきました。

「外《そと》で遊《あそ》んでいますよ。」

ティドルボトム夫人《ふじん》がバースデーケーキを仕上《しあ》げながら答《こた》えました。

「ああ、そう。ところで、今晩《こんばん》の誕生会《たんじょうかい》には、客《きゃく》を三人《にんよ》呼んであるの。わたしの姉《あね》た

ちよ。会《あ》ったことあるでしょ？」

ティドルボトム夫人《ふじん》は、ため息《いき》をつきました。

「おや？　何《なに》か不満《ふまん》でも？」

「とんでもございません！」

「ならばよろしい。」

ゴーテルは、すくみ上《あ》がるティドルボトム夫人《ふじん》をにらみつけて、出《で》ていきました。

「ゴーテル様《さま》の――お姉様《ねえさま》たちがいらっしゃるんですか？」

乳母《うば》がささやくように聞《き》きました。

「そうなのよ。とんでもない三《み》つ子《ご》でね。歩《ある》く悪夢《あくむ》みたいな三人《にん》。もう二度《にど》と来《こ》ないと思《おも》っていたのに！」

ティドルボトム夫人《ふじん》が声《こえ》をひそめたとき、

「あたしたちが、その〝歩《ある》く悪夢《あくむ》〟！」

開《ひら》いた窓《まど》の外《そと》で、三人分《にんぶん》の声《こえ》がしました。

ティドルボトム夫人《ふじん》と乳母《うば》がぎょっとして見《み》ると、奇妙《きみょう》な三姉妹《しまい》が不気味《ぶきみ》な目《め》で二人《ふたり》を見《み》つめています。

「落《お》ち着《つ》きなさいよ、ティドルボトムばあさん。」

「そのおいしそうなバースデーケーキが仕上《しあ》がる前《まえ》に、気絶《きぜつ》しないで。」

「そうよ！　あたし、バースデーケーキが大好《だいす》きなんだから！」

ルシンダ、マーサ、ルビーが次々《つぎつぎ》に言《い》いました。

「あたしたちが最後《さいご》にバースデーケーキを食《た》べたの、いつだっけ？」

「マレフィセントの誕生日《たんじょうび》？」

「違《ちが》うわよ！　あの日《ひ》はあたしたち、ケーキなんか食《た》べられなかった。星《ほし》のお告《つ》げは本当《ほんとう》だったのよ。だから、だあれもケーキを食《た》べられなかった！」

三人《にん》は手《て》をつないで、ゆかを踏《ふ》み鳴《な》らし、わめきたてます。

そのときゴーテルが両手《りょうて》を大《おお》きく広《ひろ》げて、キッチンに入《はい》ってきました。

「姉《ねえ》さんたち！　ようこそ！」

三人《にん》とそっくりの黒《くろ》いドレス、真《ま》っ白《しろ》に塗《ぬ》った顔《かお》に真《ま》っ赤《か》な口紅《くちべに》。小《ちい》さなカールをたくさん作《つく》った黒髪《くろかみ》には鳥《とり》の羽根飾《はねかざ》りを挿《さ》しています。

ルシンダがやっとの思《おも》いで、口《くち》を開《ひら》きました。

「ゴーテル――その格好《かっこう》は――何《なに》？」

ゴーテルはにやりと笑《わら》いました。

「鏡《かがみ》で姉《ねえ》さんたちを見《み》て、まねしたの。姉《ねえ》さんたちが、この前《まえ》ここに置《お》いていった鏡《かがみ》でね。ママのだと言《い》ったけど、本当《ほんとう》はその鏡《かがみ》で、わたしを見張《みは》ってたんでしょ。」

「ルシンダ！　ゴーテルに、あたしたちの鏡《かがみ》をあげたの!?　あたしたちの宝物《たからもの》を、みんなに、どんどん配《くば》っちゃうのはやめてよね！」

ルビーの抗議《こうぎ》を無視《むし》して、ルシンダは言《い》いました。

「ゴーテル！　あたしたち、あんたを見張《みは》ってなんかいないわよ。その鏡《かがみ》は、あんたが困《こま》ったとき、あたしたちと連絡《れんらく》する手段《しゅだん》としてあげたの。」

「でも、贈《おく》り物《もの》ならなぜ、ママの持《も》ち物《もの》にまぎれこませて隠《かく》しておいたのかしら？」

言葉《ことば》につまる三人《にん》に、ゴーテルは、にやりと笑《わら》うとつづけました。

「まあ、いいわ。姉《ねえ》さんたちに、見《み》せたいものがあるのよ。それでお招《まね》きしたの。」

「それはすてき――ぜひ、見《み》せて。」

ルシンダは、そう言《い》いながらも、ふいにゴーテルが恐《おそ》ろしくなりました。すると、

「さあ、はやく！　ぐずぐずしてないで、ついてきて！」

ゴーテルは、奇妙《きみょう》な三姉妹《しまい》を、恐《おそ》ろしい目《め》でにらみつけます。

三人《にん》が、おずおずとゴーテルについて地下室《ちかしつ》へ向《む》かうと、ティドルボトム夫人《ふじん》は外《そと》にいるラプンツェルに向《む》かって、呼《よ》びかけました。

「ラプンツェル！　帰《かえ》っていらっしゃい！」

そして、すぐに戻《もど》ってきたラプンツェルに、

「あらまあ、ドレスを泥《どろ》だらけにして。でも、だいじょうぶよ。これからお誕生日《たんじょうび》の晴《は》れ着《ぎ》に着替《きか》えますからね。」

と言《い》うと、ラプンツェルのきれいな金髪《きんぱつ》を、やさしくなでました。

15 花《はな》の誕生日《たんじょうび》

ティドルボトム夫人《ふじん》がラプンツェルの髪《かみ》をとかしていると、ラプンツェルは歌《うた》いだしました。

「はなはきらめく　まほうのはな……
お母様《かあさま》がわたしの髪《かみ》をとかしながら、毎日《まいにち》、歌《うた》ってくれる歌《うた》よ！」

「そうなのね。とってもおじょうず！」

ティドルボトム夫人《ふじん》はそう言《い》うと、ラプンツェルを乳母《うば》に任《まか》せ、バースデーケーキの仕上《しあ》げにかかりました。八層重《そうかさ》ねたスポンジの表面《ひょうめん》をチョコレートでコーティングし、いちばん上《うえ》にはお菓子《かし》の動物《どうぶつ》や花《はな》をきれいに飾《かざ》りました。それから、完成《かんせい》したケーキを広間《ひろま》の大《おお》きなテーブルの中央《ちゅうおう》にすえました。広間《ひろま》は乳母《うば》の手《て》で、華《はな》やかに装飾《そうしょく》されています。入《い》り口《ぐち》には〈ラプンツェル、お誕生日《たんじょうび》おめでとう〉と書《か》かれたかわいい旗《はた》。壁《かべ》を埋《う》めつくす赤《あか》い紙《かみ》のハートや黄色《きいろ》のきれいな造花《ぞうか》。ケーキの横《よこ》には、金《きん》色《いろ》の紙《かみ》に包《つつ》まれ、赤《あか》いリボンをかけた贈《おく》り物《もの》の箱《はこ》もあります。

後《あと》は、地下室《ちかしつ》にいるゴーテルと奇妙《きみょう》な三姉妹《しまい》を呼《よ》んでくるだけです。

「やれやれ、不気味《ぶきみ》な地下《ちか》で何《なに》をやっているんだか。見《み》たくもないけどね。」

ティドルボトム夫人《ふじん》はぶつぶつ言《い》いながら、地下室《ちかしつ》へ向《む》かいます。すると、

「ティドルボトム夫人《ふじん》！」

乳母《うば》が向《む》こうから、真《ま》っ青《さお》になって走《はし》ってきます。

「そんなにあわてて、どうしたの？」

「それが、あら――あら、大変《たいへん》！　あなたの――あなたの――。」

「え？　何《なに》を言《い》いたいの？　落《お》ち着《つ》いて。」

ティドルボトム夫人《ふじん》は、まゆをひそめて先《さき》をうながしました。

「ですから、その――あなたの顔《かお》が！　ほら、そこの鏡《かがみ》を見《み》て！」

すぐ横《よこ》の壁《かべ》にかかった楕円形《だえんけい》の鏡《かがみ》を指《ゆび》さしました。

鏡《かがみ》をのぞいたティドルボトム夫人《ふじん》は、わが目《め》を疑《うたが》いました。

（顔《かお》が――若《わか》がえっている！　まるで二十歳《はたち》の娘《むすめ》のように。）

背後《はいご》から、乳母《うば》がためらいがちに言《い》いました。

「あの、じつはティドルボトム夫人《ふじん》。わたしが来《き》たのは――。」

「そうそう――そうだったわねえ。で――どうしたんですって？」

ティドルボトム夫人《ふじん》は、鏡《かがみ》の中《なか》の若《わか》い自分《じぶん》を見《み》つめたままで聞《き》きました。

「ラプンツェルがいないんです！　部屋《へや》にも、外《そと》にも、どこにも！」

「よくさがしてみた？」

ティドルボトム夫人《ふじん》は鏡《かがみ》から離《はな》れると、強《つよ》い口調《くちょう》で乳母《うば》に聞《き》きました。

「ええ。でも、どこをさがしても、見《み》つからなくて。」

「ラプンツェル！　ラプンツェル？　どこにいるの？　お返事《へんじ》して。」

ティドルボトム夫人《ふじん》は大声《おおごえ》で呼《よ》びました。でも返事《へんじ》はありません。

「まさか――ゴーテル様《さま》たちと地下室《ちかしつ》に？　ラプンツェル、ラプンツェル！」

ティドルボトム夫人《ふじん》は、乳母《うば》を押《お》しのけると、地下室《ちかしつ》の扉《とびら》に突進《とっしん》しました。扉《とびら》を押《お》しあけ、地下室《ちかしつ》へとつづく階段《かいだん》の上《うえ》からさけびます。

「ラプンツェル！　そこにいるの？　いたら、お返事《へんじ》して！」

……返事《へんじ》はありません。階段《かいだん》の下《した》をのぞきこむと、座《すわ》っている魔女《まじょ》たちの姿《すがた》が、ぼんやり見《み》えます。そして、呪文《じゅもん》のような合唱《がっしょう》が聞《き》こえてきます。

ティドルボトム夫人《ふじん》が階段《かいだん》をおりようとすると、

「一人《ひとり》じゃだめですよ！　わたしも行《い》きます！」

追《お》いかけてきた乳母《うば》が、ささやきました。地下室《ちかしつ》はかびくさく、邪悪《じゃあく》な感《かん》じに満《み》ちています。二人《ふたり》の重《おも》さで木《き》の階段《かいだん》がみしみし音《おと》をたて、魔女《まじょ》たちの合唱《がっしょう》の声《こえ》が突然《とつぜん》大《おお》きくなりました。するとそのとき、ティドルボトム夫人《ふじん》の耳《みみ》に、呪文《じゅもん》が一言《ひとこと》ずつ、はっきり聞《き》こえたのです。ラプンツェルが歌《うた》って聞《き》かせてくれたあの歌《うた》が！

花《はな》はきらめく　魔法《まほう》の花《はな》
時《とき》をもどせ　過去《かこ》にもどせ
傷《きず》をいやせ　運命《うんめい》の川《かわ》　さかのぼれ
よみがえらせろ　過去《かこ》の夢《ゆめ》

ティドルボトム夫人《ふじん》と乳母《うば》は、階段《かいだん》を一気《いっき》にかけおりました。

二人《ふたり》の前《まえ》に広《ひろ》がるのは、世《よ》にも恐《おそ》ろしい光景《こうけい》でした。

四人《にん》の魔女《まじょ》が半円《はんえん》を作《つく》り、白目《しろめ》をむいて、死《し》んだように横《よこ》たわるラプンツェルの上《うえ》に、ぽたぽたと自《みずか》らの血《ち》をたらしているのです。ラプンツェルの左右《さゆう》には、二体《たい》の若《わか》く美《うつく》しい亡骸《なきがら》。その胸《むね》を、ラプンツェルの髪《かみ》が毛布《もうふ》のようにおおっています。

魔女《まじょ》たちの呪文《じゅもん》とともにラプンツェルの長《なが》い髪《かみ》がさらに伸《の》びて、輝《かがや》きだしました。

乳母《うば》の悲鳴《ひめい》に、四人《にん》の魔女《まじょ》は突然正気《とつぜんしょうき》に戻《もど》り、いっせいに顔《かお》をみにくくゆがませ、体《からだ》をねじ曲《ま》げて甲高《かんだか》い悲鳴《ひめい》を上《あ》げました。まるで、自分《じぶん》たちの中《なか》で何《なに》かがこわれて飛《と》びだそうとする苦《くる》しみに耐《た》えているように。でも、四人《にん》の目《め》の前《まえ》に横《よこ》たわる幼《おさな》いラプンツェルは、ぴくりとも動《うご》きません。

「何《なに》をしてくれた⁉　この——おせっかいやき！　すべてが台無《だいな》しじゃないか！」

ゴーテルは、ティドルボトム夫人《ふじん》の若返《わかがえ》った顔《かお》に驚《おどろ》きながらわめきました。

ゴーテルの口《くち》からは、黒《くろ》い泡《あわ》が吹《ふ》きでています。

「あなたたちこそ、ラプンツェルに何《なに》をしたんです！」

ティドルボトム夫人《ふじん》も、わめき返《かえ》しました。

次《つぎ》の瞬間《しゅんかん》、ルシンダがティドルボトム夫人《ふじん》に向《む》かってさっと手《て》をつきだしました。

ティドルボトム夫人《ふじん》はたちまち、後《うし》ろ向《む》きに吹《ふ》き飛《と》ばされ、地下室《ちかしつ》の壁《かべ》に背中《せなか》をぶつけて倒《たお》れました。気絶《きぜつ》したティドルボトム夫人《ふじん》の上《うえ》に、棚《たな》から本《ほん》やガラス瓶《びん》が次々《つぎつぎ》と降《ふ》ってきます。

「だめよ、ルシンダ！　彼女《かのじょ》を傷《きず》つけないで！」

ゴーテルがさけびました。

「なんで!?　あの女《おんな》があたしたちの魔術《まじゅつ》を台無《だいな》しにしたのよ！　死《し》んで当然《とうぜん》でしょ。」

「それでも殺《ころ》さないで。わたしには、彼女《かのじょ》が必要《ひつよう》なの。」

「だったら、こっちの女《おんな》はどうなのよ？」

ルシンダは、地下室《ちかしつ》の片隅《かたすみ》にうずくまって泣《な》いている乳母《うば》を指《ゆび》さしました。

「そっちはかまわないわ。もう用《よう》ずみだから……。」

ルシンダは、けたけた笑《わら》うと、マーサとルビーに言《い》いました。

「この腰抜《こしぬ》け乳母《うば》は、あんたたちに任《まか》せるわ。あたしはティドルボトムばあさんの記《き》憶《おく》を消《け》すから。おっと、その容姿《ようし》もばあさんに戻《もど》さなきゃね。」

16 ケーキをむさぼる魔女《まじょ》たち

ゴーテルと奇妙《きみょう》な三姉妹《しまい》は、ラプンツェルをヘーゼルとプリムローズの遺体《いたい》のあいだに横《よこ》たえたまま、地下室《ちかしつ》を閉《し》めることにしました。もし誰《だれ》かがふいに訪《たず》ねてきて、秘密《ひみつ》がもれたらめんどうだからです。そして、いつかもう一度《いちど》、儀式《ぎしき》をやり直《なお》すことにしたのです。

ラプンツェルはまだ深《ふか》い魔法《まほう》の眠《ねむ》りから覚《さ》めていません。奇妙《きみょう》な三姉妹《しまい》が魔法《まほう》を解《と》く呪文《じゅもん》をとなえるまでは、こんこんと眠《ねむ》りつづけることでしょう。

ティドルボトム夫人《ふじん》は、ルシンダの強力《きょうりょく》な魔術《まじゅつ》で記憶《きおく》を消《け》され、ふらふらと自分《じぶん》の部屋《へや》まで歩《ある》いていきました。あわれにも、マーサとルビーに魔術《まじゅつ》で殺《ころ》された乳母《うば》は、地下室《ちかしつ》のゆかに放《ほう》りだされたままです。

ゴーテルと奇妙《きみょう》な三姉妹《しまい》は地下室《ちかしつ》の扉《とびら》の鍵《かぎ》を閉《し》めると、広間《ひろま》へ急《いそ》ぎました。まずは入《い》り口《ぐち》の〈ラプンツェル、お誕生日《たんじょうび》おめでとう〉と書《か》かれた旗《はた》をはぎとりました。それから四人揃《にんそろ》って、どたどたとラプンツェルの部屋《へや》へかけ上《あ》がり、ラプンツェルのドレスや靴《くつ》をトランクにつめて屋根裏《やねうら》に隠《かく》しました。

ティドルボトム夫人《ふじん》は、ルシンダの魔術《まじゅつ》のせいで、山《やま》の向《む》こうの王国《おうこく》から兵士《へいし》たちがラプンツェルの花《はな》を奪《うば》いにきたことをすっかり忘《わす》れています。ゴーテルが花《はな》を奪《うば》い返《かえ》しに出発《しゅっぱつ》し、赤《あか》ん坊《ぼう》のラプンツェルをさらい、乳母《うば》を雇《やと》ったことも、何一《なにひと》つ覚《おぼ》えていないのです。

ゴーテルはもともと、ラプンツェルを人間《にんげん》とは思《おも》っていませんでした。

ゴーテルにとってラプンツェルは、自分《じぶん》のだいじな財産《ざいさん》の一つ。ラプンツェルは、自分《じぶん》が永遠《えいえん》の若《わか》さを保《たも》ち、二人《ふたり》の姉《あね》を生《い》き返《かえ》らせるためになくてはならない手段《しゅだん》。たんなる〈花《はな》〉でしかなかったのです。

四人《にん》の魔女《まじょ》は大騒《おおさわ》ぎの後始末《あとしまつ》が終《お》わると、広間《ひろま》のテーブルにつきました。

「さて、魔術《まじゅつ》をやり直《なお》すのは、いつにしようかしら。」

ゴーテルが、奇妙《きみょう》な三姉妹《しまい》の顔《かお》を見回《みまわ》すと、

「ゴーテル、ゴーテル！」

ルシンダが目《め》を丸《まる》くして、ささやいたのです。

見《み》ると、ティドルボトム夫人《ふじん》が、広間《ひろま》の入《い》り口《ぐち》からふらふらと入《はい》ってきます。

「まあ、ティドルボトム夫人《ふじん》！　寝《ね》てなくちゃだめじゃないの。」

ゴーテルは、さも心配《しんぱい》そうなふりをして言《い》いました。すると、

「どうでもいいけど、もぐもぐ――これ、おいしいわあ！　もぐもぐ。」

ルビーが、バースデーケーキをほおばりながらさけび、

「ほんと、最高《さいこう》。あんたも食《た》べてみたら？　ティドルボトム夫人《ふじん》。」

ルシンダは、お菓子《かし》の子《こ》ねこの首《くび》をひきちぎって、つきつけます。

「ゴーテル様《さま》。あのう――キッチンでお話《はなし》ができますか？」

ティドルボトム夫人《ふじん》は、まだ、ふらふらしながらゴーテルを見《み》つめます。

「ええ、もちろんよ。」

ゴーテルはうなずいて、二人《ふたり》はキッチンに行《い》きました。

「でもね、寝《ね》てなくちゃだめ。あなたは倒《たお》れて、頭《あたま》を打《う》ったようだから。」

とゴーテルは言《い》いました。ティドルボトム夫人《ふじん》は目《め》をしばたたかせました。

「わたしが倒《たお》れた——本当《ほんとう》ですか？　ゴーテル様《さま》！」

「ええ、そうよ。覚《おぼ》えてないの？　あなたは地下室《ちかしつ》の階段《かいだん》から落《お》ちたの。心配《しんぱい》したわ。お願《ねが》いだから、すぐ部屋《へや》に帰《かえ》って、休《やす》んでちょうだい。」

でも、ティドルボトム夫人《ふじん》は引《ひ》き下《さ》がりません。

「地下室《ちかしつ》の階段《かいだん》から落《お》ちた？　ゴーテル様《さま》。このお屋敷《やしき》でお世話《せわ》になってから、もうずいぶんになりますけど、わたし、地下室《ちかしつ》には、近《ちか》づいたこともないんですよ。」

「ええ、そうみたいね。でもあなた、わたしをさがしにきたようよ。」

「お姉様《ねえさま》たちがいますね？　いったい、ここで何《なに》をなさっているんですか？　それにゴーテル様《さま》、あなたはどうして、そんな格好《かっこう》を？」

ティドルボトム夫人《ふじん》に問《と》いつめられ、ゴーテルはため息《いき》まじりに言《い》いました。

「ごめんなさい！　あなたに話《はな》しそこねていたわ。わたし、姉《あね》たちと仲直《なかなお》りをしたの。ちょうど、きょうはわたしの誕生日《たんじょうび》だから招待《しょうたい》したのよ。」

「あなたのお誕生日《たんじょうび》!?　それは存《ぞん》じませんでした。知《し》っていたらバースデーケーキを焼《や》きましたのに。」

「いいのよ、ティドルボトム夫人《ふじん》。ケーキは町《まち》のケーキ屋《や》から取《と》り寄《よ》せたから。気分《きぶん》は？」

「ええ、今《いま》もふらふらするんです。ゴーテル様《さま》。失礼《しつれい》してベッドに戻《もど》ろうかと――。」

「そうよ、そうよ。そうしなさい。あなたもきょうは大変《たいへん》だったんだから。」

「わたしが――大変《たいへん》だったんですか？　ゴーテル様《さま》。」

「え？　ああ、そうよ。具合《ぐあい》が悪《わる》いのに、むりするからってこと。」

「すみません、ご心配《しんぱい》かけて……。」

「お茶《ちゃ》をもっていってあげる。ケーキも少《すこ》し、どう？」

「ええ、ぜひお願《ねが》いいたします。」

ティドルボトム夫人《ふじん》はキッチンテーブルに手《て》をついて立《た》ち上《あ》がると、ゴーテルにつきそわれて歩《ある》きだしました。ところが途中《とちゅう》で広間《ひろま》を通《とお》りかかると、突然《とつぜん》ぎょっとして立《た》ち止《ど》まったのです。広間《ひろま》では、奇妙《きみょう》な三姉妹《しまい》が、バースデーケーキをひたすらむさぼっています。三人《にん》とも、こちらを振《ふ》り向《む》こうともしません。

「どうしたの？　ティドルボトム夫人《ふじん》。」

ゴーテルは、ティドルボトム夫人《ふじん》の顔《かお》をのぞきこみました。

「なんだか、変《へん》な気《き》がするんです。何《なに》かが違《ちが》う……。何《なに》かが、変《か》わったような……。」

「ああ、テーブルの箱《はこ》のこと？　きれいなリボンがかかった。あれはね、姉《あね》たちがもってきた、バースデープレゼント。」

「そうですか。あなたはお幸《しあわ》せですね。ゴーテル様《さま》。」

「そうね。じゃ、上《うえ》に行《い》って。すぐお茶《ちゃ》をもっていくわ。」

ティドルボトム夫人《ふじん》の姿《すがた》が二階《かい》に消《き》えると、ゴーテルは、奇妙《きみょう》な三姉妹《しまい》をにらみつけました。

「あなたたち――どういうつもりよ⁉︎」

奇妙《きみょう》な三姉妹《しまい》は揃《そろ》ってケーキを食《た》べるのをやめ、ゴーテルを見《み》つめます。

「どういうつもりって？　何《なに》が？」

マーサが目《め》をぱちくりさせました。

「あの女《おんな》に、愛想《あいそ》よくして！　お願《ねが》いだから、礼儀正《れいぎただ》しくしてよ。」

ゴーテルは、イライラと頼《たの》みこみます。

「いやよ、めんどうくさい！　あんなばあさん、殺《ころ》しちまえ。」

ルビーがわめくと、ゴーテルはあわてて言《い》い返《かえ》しました。

「それはだめ！　わたしには、あの女《おんな》が必要《ひつよう》だって言《い》ったでしょ！」

「なんで！　どうしてあんなおいぼれが必要《ひつよう》なのよ。」

ルシンダの問《と》いに、ゴーテルは、こう答《こた》えました。

「わたしはね、ラプンツェルをどこか安全《あんぜん》で、誰《だれ》にも見《み》つからない場所《ばしょ》へ連《つ》れていきたいの――今《いま》すぐにもね。あの子《こ》をこのまま、この屋敷《やしき》に置《お》いておくことはできない。あの子《こ》は、わたしのだいじな〈花《はな》〉。わたしの若《わか》さの源《みなもと》だもの。」

「それは、わかったわよ。でもね――。」

ルシンダが首《くび》をかしげると、

「だったらなぜ、あんたは、あのばあさんが必要《ひつよう》なの!?」

マーサとルビーが、声《こえ》を合《あ》わせて問《と》いつめます。

ゴーテルは、奇妙《きみょう》な三姉妹《しまい》を見《み》つめました。

「わたしの体《からだ》は一つしかないわ。わたしがラプンツェルを連《つ》れてここを離《はな》れたら、誰《だれ》が姉《あね》たちを守《まも》るの!?　だから、あの女《おんな》をここに置《お》いて、姉《あね》たちの番《ばん》をさせたいの。お願《ねが》い、あの女《おんな》は殺《ころ》さないで。わかった？」

それから、三姉妹《しまい》をにらみつけると、つづけました。

「ルシンダ。まず、あなたの魔術《まじゅつ》で、ラプンツェルの記憶《きおく》を消《け》してちょうだい。あの子《こ》の頭《あたま》の中《なか》からこの家《いえ》の記憶《きおく》をすべて消《け》して。あの子《こ》には、自分《じぶん》が前《まえ》から塔《とう》で母親《ははおや》のわたしと住《す》んでいると思《おも》わせて。そして、この世《よ》で自分《じぶん》を愛《あい》してくれるのは、お母様《かあさま》だけ——つまり、このわたしだけだ、ともね。」

「あら？　あたしたちのことは？　あの子《こ》の三人《にん》のおばさんたちのことは？」

「あなたたちのことは、あの子《こ》の記憶《きおく》には入《い》れないで。あの子《こ》が、わたしだけに愛《あい》されていると思《おも》っていることがわかれば、いずれ紹介《しょうかい》してあげてもいいわ。」

「あっそ。でもねえ、どうしてわざわざ、そんなめんどうなことをするの！　あの子《こ》の記憶《きおく》を消《け》して、眠《ねむ》らせつづければ、すむことじゃない！」

ルシンダの言葉《ことば》に、ゴーテルはうなずきました。

「それはいい考《かん》えね。そうすれば毎日《まいにち》、あんなちびの世話《せわ》をしなくてすむわね。」

「ね、そうでしょ。ラプンツェルには夢《ゆめ》の魔法《まほう》をかけ、眠《ねむ》らせる。塔《とう》の上《うえ》で！」

ルビーはぽんと手《て》をたたき、ケーキをまた、口《くち》に放《ほう》りこみました。

「そのあいだにもあの子《こ》の髪《かみ》は伸《の》びる——どんどんねえ。」

マーサが言《い》うと、ルシンダがつづけます。

「そ！ そして、あたしたちは、ラプンツェルの、今《いま》よりもっともっと長《なが》く伸《の》びた髪《かみ》を、あんたの姉《ねえ》さんたちの体《からだ》に巻《ま》きつけて、生《い》き返《かえ》らせるのよ。」

「それで、姉《あね》たちは生《い》き返《かえ》るの？」

ゴーテルは、目《め》を丸《まる》くして聞《き》きました。

「もちろん！」

ルビーがさけぶと、奇妙《きみょう》な三姉妹《しまい》はけたけたと笑《わら》います。まるで、ごきげんな三羽《ば》の黒《くろ》い鳥《とり》が鳴《な》き立《た》てるように。奇妙《きみょう》な三姉妹《しまい》が、また、ケーキを口《くち》に運《はこ》ぶと、ほっとしたゴーテルもケーキを食《た》べはじめます。

「十年《ねん》たったら、あの子《こ》の髪《かみ》はどのくらい長《なが》くなると思《おも》う？」

ルシンダが言《い》い、ゴーテルと奇妙《きみょう》な三姉妹《しまい》は、いっしょに大笑《おおわら》いしました。四人《にん》のけたたましい笑《わら》い声《ごえ》が、いくつもの国《くに》の空《そら》の上《うえ》を渡《わた》っていきます。ゴーテルたちは、どこから見《み》ても、ケーキをむさぼる四人《にん》の魔女《まじょ》でした。

17

塔《とう》

塔《とう》は、枯《か》れ木《き》の森《もり》にほど近《ちか》い谷底《たにそこ》に、ひっそりと立《た》っていました。亡《な》き母《はは》の日誌《にっし》にあったとおり、すぐそばには緑《みどり》の野原《のはら》が広《ひろ》がり、美《うつく》しい滝《たき》と小川《おがわ》があります。

枯《か》れ木《き》の森《もり》は今《いま》や廃墟《はいきょ》と化《か》し、付近《ふきん》の町《まち》や村《むら》の住民《じゅうみん》は、死者《ししゃ》の女王《じょおう》の霊《れい》がおおぜいの臣下《しんか》を引《ひ》き連《つ》れてさ迷《まよ》っている、とささやき合《あ》っていました。それにしても、山《やま》の向《む》こうの王国《おうこく》の兵士《へいし》たちが、どうやって魔法《まほう》のかかったばらの茂《しげ》みをつき破《やぶ》ったのかは、今《いま》も謎《なぞ》です。王《おう》が一人《ひとり》の強力《きょうりょく》な魔女《まじょ》を雇《やと》って呪文《じゅもん》を解《と》かせたという噂《うわさ》も流《なが》れましたが、真相《しんそう》はゴーテルにさえわかりません。

塔《とう》と屋敷《やしき》を往復《おうふく》するのが、今《いま》のゴーテルの生活《せいかつ》です。屋敷《やしき》から塔《とう》に行《い》き、ラプンツェルが眠《ねむ》りつづけているのを確認《かくにん》すると、すぐ屋敷《やしき》に戻《もど》って、二人《ふたり》の姉《あね》の様子《ようす》も確《たし》かめるのです。一か所《しょ》に長《なが》くとどまる時間《じかん》はありません。

ゴーテルは、奇妙《きみょう》な三姉妹《しまい》から魔法《まほう》の手鏡《てかがみ》を二枚《まい》もらっていました。一枚《まい》は塔《とう》に置《お》き、もう一枚《まい》はマントのポケットに入《い》れています。それでも必《かなら》ず、塔《とう》に足《あし》を運《はこ》びました。眠《ねむ》りつづけるラプンツェルの髪《かみ》をとかしながら魔法《まほう》の呪文《じゅもん》の歌《うた》を歌《うた》い、花《はな》の魔力《まりょく》をもらわないと、若《わか》さは保《たも》てないのです。

ゴーテルは、ラプンツェルを見《み》るたび、王国《おうこく》の王妃《おうひ》を呪《のろ》いました。

（図々《ずうずう》しい女《おんな》め。二度《ど》までもラプンツェルの花《はな》に頼《たよ》って病《やまい》をいやそうとした。しかも二度目《どめ》は、まだ生《う》まれてもこない子《こ》の命《いのち》を案《あん》じて、花《はな》を水《みず》にうかべて飲《の》んだという。）

その結果《けっか》、生《う》まれた王女《おうじょ》は花《はな》の魔力《まりょく》を体《からだ》に宿《やど》したばっかりにゴーテルにさらわれ、ゴーテルの若返《わかがえ》りの源《みなもと》にされてしまったのです。

（おろかな王妃《おうひ》。おまえが欲張《よくば》らなければ、こんな苦労《くろう》はしなかったのに！）

ゴーテルは眠《ねむ》りつづけるラプンツェルの横《よこ》で、くやしそうに泣《な》き崩《くず》れました。

ゴーテルと奇妙《きみょう》な三姉妹《しまい》がラプンツェルを塔《とう》に運《はこ》びこんできてから、もうすぐ十年《ねん》が過《す》ぎようとしています。

ラプンツェルは、奇妙《きみょう》な三姉妹《しまい》が作《つく》り上《あ》げた夢《ゆめ》の世界《せかい》で、やさしい母《はは》とカメレオンのパスカルといっしょに、塔《とう》の中《なか》で暮《く》らしていました。毎日《まいにち》、パスカルと遊《あそ》んだり、そうじをしたり、物語《ものがたり》の本《ほん》を読《よ》んだり、長《なが》くきれいな金髪《きんぱつ》をとかしたりしています。母《はは》が買《か》ってきてくれる絵《え》の具《ぐ》で、塔《とう》の壁《かべ》に絵《え》を描《えが》くのも大好《だいす》きです。ラプンツェルが夢《ゆめ》の中《なか》で描《えが》く絵《え》は、奇妙《きみょう》な三姉妹《しまい》の魔術《まじゅつ》で、塔《とう》の壁《かべ》にそのまま現《あらわ》れました。

ラプンツェルは、毎年《まいとし》、誕生日《たんじょうび》になると空《そら》に現《あらわ》れる無数《むすう》の光《ひかり》を絵《え》に描《えが》くようになりました。

「あの光《ひかり》のことは、夢《ゆめ》に入《い》れなくても、よかったんじゃない？」

ゴーテルが不安《ふあん》そうに言《い》うと、ルシンダは首《くび》を横《よこ》にふりました。

「だめよ。隠《かく》しごとをしても、あの子《こ》は必《かなら》ず見《み》つけだすわ。」

ゴーテルはうなずきました。

明日《あす》はついに、ラプンツェルの十八歳《さい》の誕生日《たんじょうび》です。ゴーテルは、塔《とう》につづく洞窟《どうくつ》の前《まえ》で、魔法《まほう》の鏡《かがみ》をマントのポケットから取《と》りだしました。

「奇妙《きみょう》な三姉妹《しまい》を出《だ》せ！」

「何《なに》よ、ゴーテル。」

ルシンダが鏡《かがみ》の中《なか》に現《あらわ》れました。

「覚《おぼ》えてる？　明日《あす》は、〈花《はな》〉の誕生日《たんじょうび》よ。」

「ええ、わかってるわ、ゴーテル。」

ルシンダは不機嫌《ふきげん》そうに答《こた》えました。

「どうしたのよ！　わたしたち、十年《ねん》たったらもう一度《いちど》、儀式《ぎしき》をやり直《なお》そうと決《き》めたじゃない。明日《あす》が十年目《ねんめ》よ。ここに来《き》て、手伝《てつだ》って！」

「ごめんね、ゴーテル。あたしたち、夢《ゆめ》の中《なか》に閉《と》じこめられてるの。夢《ゆめ》の国《くに》に。」

鏡《かがみ》の中《なか》のルシンダが、うなだれました。

「夢《ゆめ》の国《くに》に閉《と》じこめられてる!?　それ——本当《ほんとう》？」

「本当《ほんとう》よ。おせっかいな妖精《ようせい》たちにやられた。呪文《じゅもん》を見《み》つけなければ、キルケでも破《やぶ》れないわ。」

「わたしは、どうすればいいの？　ねえ、どうすればいいのよ！　わたしは？」

「どうすりゃいいのかしらねえ？　ゴーテルは！」

ルビーとマーサのけたけた笑《わら》う声《こえ》が聞《き》こえ、ルシンダが重々《おもおも》しく言《い》いました。

「聞《き》いて、ゴーテル。あたしたちがラプンツェルにかけた呪文《じゅもん》は破《やぶ》られたの。」

「ラプンツェルは、目覚《めざ》めちゃったのよ。」

ルビーが言《い》い、奇妙《きみょう》な三姉妹《しまい》は声《こえ》を合《あ》わせて、きゃっきゃと笑《わら》います。

「ラプンツェルが目覚《めざ》めた？　なぜ？　どうして、そんなこと知《し》ってるの!?」

ゴーテルは、ラプンツェルが眠《ねむ》っているはずの塔《とう》を見上《みあ》げて、またどなりました。

「あたしたちは、何《なん》でもお見通《みとお》しなの。わかった？」

ルシンダは静《しず》かに言《い》うと、つづけます。

「ラプンツェルは特《とく》に変《か》わったことが起《お》こったとは思《おも》っていない。お母様《かあさま》はもうすぐお買《か》い物《もの》から帰《かえ》ってくると思《おも》ってる。でもきょうはね、あんたが帰《かえ》ってきたら頼《たの》むはずよ。『毎年《まいとし》、誕生日《たんじょうび》の空《そら》に現《あらわ》れる光《ひかり》を見《み》に行《い》きたいの。』ってねえ。」

「だから、言《い》ったじゃないの！　あの光《ひかり》のことは夢《ゆめ》に入《い》れるなって！　意地悪《いじわる》！」

ゴーテルは金切《かなき》り声《ごえ》でわめきます。ルシンダはふふんと笑《わら》って言《い》いました。

「あんたの意地悪《いじわる》へのお返《かえ》し。あんたはあたしたちの親友《しんゆう》マレフィセントのために、あの花《はな》を使《つか》わせてくれなかった。あたしたちをあんたの屋敷《やしき》から追《お》っ払《ぱら》った！」

「わたしは、あの花《はな》を譲《ゆず》るつもりだった。姉《あね》たちが生《い》き返《かえ》ったら、すぐ。」

「さあ、どうかしら？　ともかく遅《おそ》すぎるわよ、ゴーテル。マレフィセントは死《し》んだ。あたしたちは夢《ゆめ》の国《くに》に閉《と》じこめられている――キルケがあたしたちを許《ゆる》してくれない限《かぎ》りね。だから、これからは、ぜんぶあんたが一人《ひとり》でやって。」

――おまえは、一人《ひとり》になる運命《うんめい》なのさ。

母《はは》の言葉《ことば》がゴーテルの耳《みみ》によみがえりました。

「いいわよ。もう頼《たの》まない。三人《にん》とも、その鏡《かがみ》の中《なか》から見《み》ているがいい！」

「あ、そ。せいぜい、がんばって。あたしたちは、行方不明《ゆくえふめい》の王女《おうじょ》の手助《てだす》けをして、キルケに認《みと》めてもらうからね。」

ルシンダは言《い》い返《かえ》しました。鏡《かがみ》の中《なか》で、奇妙《きみょう》な三姉妹《しまい》がゴーテルに背《せ》を向《む》けます。

「じゃあ、わたしはこれから、こうして日々《ひび》を過《す》ごすことになるの？　あのとんでもない魔女《まじょ》どものせいで！　あの〈花《はな》〉の母親《ははおや》のふりをさせられて！」

ポケットの鏡《かがみ》の中《なか》で、奇妙《きみょう》な三姉妹《しまい》がけたけた笑《わら》うのが聞《き》こえました。

ゴーテルはとぼとぼ塔《とう》の前《まえ》まで歩《ある》くと、開《ひら》いた窓《まど》を見上《みあ》げて呼《よ》びかけました。

「ラプンツェル！　髪《かみ》の毛《け》を下《お》ろして～。おばあさんになるまで待《ま》たせるつもりなの？」

「はい、今《いま》すぐ！」

ラプンツェルの美《うつく》しく、長《なが》い金髪《きんぱつ》が、塔《とう》の窓《まど》から滝《たき》のように落《お》ちてきます。

（これなら確実《かくじつ》に、姉《ねえ》さんたちを生《い》き返《かえ》らせることができる。）

ゴーテルはラプンツェルの長《なが》い髪《かみ》を眺《なが》めると、思《おも》わずほくそえみました。

18 奇妙《きみょう》な三姉妹《しまい》はいちばんの味方《みかた》!?

夢《ゆめ》の国《くに》では、奇妙《きみょう》な三姉妹《しまい》が部屋《へや》を囲《かこ》む鏡《かがみ》の一枚《まい》をおもしろそうに眺《なが》めています。

「ちょっと、二人《ふたり》とも。ゴーテルが母親《ははおや》になってる！」

ルシンダが言《い》うと、ルビーとマーサが手《て》をたたき、ゆかを踏《ふ》み鳴《な》らして踊《おど》りだしました。

「こりゃ、見《み》ものだわ！　ゴーテルはどんな母親《ははおや》を演《えん》じるのかしらね!?」

鏡《かがみ》の向《む》こうでは、ゴーテルが塔《とう》の部屋《へや》で、ラプンツェルにこう言《い》っています。

「鏡《かがみ》を見《み》てごらん。自信《じしん》に満《み》ちあふれた、強《つよ》くて美《うつく》しい若《わか》い女性《じょせい》を！

あーら、あなたも映《うつ》ってたの……気《き》づかなかった。やあね、冗談《じょうだん》よ。」

奇妙《きみょう》な三姉妹《しまい》は、揃《そろ》って首《くび》を横《よこ》にふりました。

「まったく、あれが母親《ははおや》の言《い》うこと!?」

「あたしたちが、何《なに》も教《おし》えてやらなかったからねえ。」

マーサとルビーがくすくす笑《わら》うと、

「ちょっと、ちょっと、注目《ちゅうもく》！　こんどは親子《おやこ》げんかみたい。」

ルシンダが急《いそ》いで、別《べつ》の鏡《かがみ》を指《ゆび》さしました。

「お母様《かあさま》！　明日《あす》は、わたしの誕生日《たんじょうび》よ！」

「誕生日《たんじょうび》は、去年《きょねん》だったでしょ！」

ゴーテルが、眉間《みけん》にしわを寄《よ》せて言《い》いました。

「それが誕生日《たんじょうび》のおもしろいとこ。なぜか、誕生日《たんじょうび》は毎年《まいとし》来《く》るのよ！」

ラプンツェルは、はやる心《こころ》を抑《おさ》えられずにつづけました。

「わたし十八になるの。だから、お願《ねが》いしたいことが……。どうしても……。」

「もごもごしゃべるのは、やめてちょうだい。わたし、そういうの大嫌《だいきら》いなの。」

ゴーテルは、イライラしています。

「まったく、あの女《おんな》、さかだちしても、母親《ははおや》になれないタイプよ！」

マーサとルビーが顔《かお》を見合《みあ》わせて、きゃあきゃあ笑《わら》いこけます。やがて、

「笑《わら》いすぎて、聞《き》き逃《のが》しちゃった！　教《おし》えてよ。それから、どうしたの？」

ルビーがルシンダの腕《うで》をゆすると、ルシンダは答《こた》えました。

「ラプンツェルはね、ゴーテルに、例《れい》の光《ひかり》が見《み》たいと言《い》ったの。毎年《まいとし》、誕生日《たんじょうび》の夜空《よぞら》に浮《う》かぶたくさんの光《ひかり》をねえ。ねっ、あたしが言《い》ったとおりでしょ。

それでゴーテルは、塔《とう》の外《そと》には、ラプンツェルの髪《かみ》の力《ちから》を奪《うば》おうとしている悪者《わるもの》がいるとか、危険《きけん》がいっぱいだとか、わめきながら塔《とう》をおりた。それからね、

『〈花《はな》〉よ、〈花《はな》〉よ！　この塔《とう》から出《で》たいと願《ねが》うことなかれ～！』

って、ばかな呪文《じゅもん》をとなえて、塔《とう》のまわりをかけずり回《まわ》ってたわよ。」

「何《なに》それ？　で、ラプンツェルは？」

「がっかりしていたけど、あきらめてはいなかったわよ。」

マーサの問《と》いに、ルシンダは肩《かた》をすくめて言《い》いました。

「ああ、ラプンツェル。あたし、あんたが気《き》に入《い》ったわよ！」

ルビーが小《ちい》さなブーツで、ゆかを踏《ふ》み鳴《な》らしました。

「王女《おうじょ》なんてみんな、頭《あたま》がからっぽだと思《おも》ってたのに。ラプンツェルはましかもね。」

マーサがうなずくと、またもやルシンダがさけびました。

「見《み》て、あっちの鏡《かがみ》！　ゴーテルが、どこかに行《い》く！　あんたたち、見《み》に行《い》って。あたしは、この鏡《かがみ》で、このままラプンツェルを見張《みは》るから。」

マーサとルビーが、別《べつ》の鏡《かがみ》の前《まえ》に走《はし》ります。

「力《ちから》もなく、臣下《しんか》もいない。名《な》ばかりの女王《じょおう》が、枯《か》れ木《き》の森《もり》をさ迷《まよ》ってる。」

「名《な》ばかりの女王《じょおう》と荒《あ》れ果《は》てた領土《りょうど》。なんとまあ、悲劇的《ひげきてき》！」

マーサとルビーが手《て》を取《と》って踊《おど》りだすと、

「マーサ、ルビー、来《き》て！　彼《かれ》よ！　彼《かれ》が映《うつ》ってる！」

ルシンダが、また別《べつ》の鏡《かがみ》を指《ゆび》さしました。

鏡《かがみ》の中《なか》では、一人《ひとり》の若者《わかもの》が塔《とう》につながる洞窟《どうくつ》に入《はい》っていきます。

「フリン・ライダーじゃないの！　ティアラをもってる！」

マーサがさけぶと、ルビーが目《め》をぱちくりさせて聞《き》きました。

「ちょっと、フリン・ライダーって、誰《だれ》よ？」

ルシンダは、あきれました。

「忘《わす》れたの？　フリン・ライダーはお尋《たず》ね者《もの》の大《おお》どろぼう。自分《じぶん》をハンサムだと思《おも》いこんでるうぬぼれやよ。あたしたちが、やつに仲間《なかま》といっしょにティアラを盗《ぬす》ませたんじゃない！」

「山《やま》の向《む》こうの王国《おうこく》から消《き》えたプリンセスのティアラをね！」

マーサがさけぶと、鏡《かがみ》にお尋《たず》ね者《もの》のポスターが映《うつ》りました。

「思《おも》いだした！　あのにやけ顔《がお》。あいつは三人組《にんぐみ》の一人《ひとり》だったわよね！」

「そうそう。最低《さいてい》のうぬぼれ男《おとこ》！」

ルビーとマーサがはやしたてていると、鏡《かがみ》に、塔《とう》の中《なか》にしのびこんだフリンの姿《すがた》が映《うつ》ります。ルシンダは言《い》いました。

「二人《ふたり》ともよく聞《き》いて。あいつを使《つか》って、ラプンツェルを両親《りょうしん》のもとへ帰《かえ》したいの。」

「なぜよ、ルシンダ!? どうして、そんな親切《しんせつ》なこと、するの！」

「マーサ、ルビー。それはゴーテルに、姉《あね》たちを目覚《めざ》めさせてほしくないから！」

ルシンダは目《め》をつり上《あ》げて答《こた》えました。そのとき、

「あ！ ラプンツェルが、フライパンでフリンをなぐった！」

「フリンを、クローゼットに閉《と》じこめたわ！」

マーサとルビーが目《め》を輝《かがや》かせます。

「やるじゃないの！ お姫《ひめ》ちゃん！」

にんまり笑《わら》ったルシンダは、次《つぎ》の瞬間《しゅんかん》、目《め》をしばたたかせました。

「見《み》て、あっちの鏡《かがみ》！ ゴーテルが魔法《まほう》の眠《ねむ》り薬《ぐすり》をもって戻《もど》ってくるわ！」

「あれって、あたしたちの薬《くすり》じゃない？」

「あの女《おんな》が、あたしたちの眠《ねむ》り薬《ぐすり》を盗《ぬす》んだ！」

マーサとルビーが騒《さわ》ぎ立《た》てます。

「そんなの、どうでもいいから！　フリンとラプンツェルを、塔《とう》からはやく出《で》ていかせるほうが先《さき》よ。例《れい》の光《ひかり》を見《み》にねえ。」

ルシンダがイライラと爪《つめ》をかんだとき、

「あ！　ラプンツェルがティアラをかぶった！　さすが、よく似合《にあ》うじゃないの。」

「ちょっとぉ、ラプンツェル！　あんたは王女《おうじょ》なのよ、ほんとはね!!」

マーサとルビーがわめきたてました。

「忘《わす》れた？　ラプンツェルには魔力《まりょく》はないの。こっちから普通《ふつう》の人間《にんげん》に話《はな》しかけても通《つう》じない。それより、あたしたちはゴーテルに希望《きぼう》を与《あた》え、一気《いっき》につぶすのよ！」

ルシンダは、二人《ふたり》をぎょろ目《め》でにらみつけると、つづけます。すると、

「見《み》て、ゴーテルが、塔《とう》の下《した》からラプンツェルを呼《よ》んでるわ！」

ルビーが一枚《まい》の鏡《かがみ》を指《ゆび》さしました。

「ラプンツェル～。髪《かみ》の毛《け》を下《お》ろして～！」

「ちょっと待《ま》っててね！　お母様《かあさま》。」

ゴーテルは、ラプンツェルの長《なが》い髪《かみ》をするする伝《つた》って、窓《まど》から塔《とう》に入《はい》りました。

「きょうのお夕食《ゆうしょく》は、ヘーゼルナッツのスープよ。あなたの大好物《だいこうぶつ》のね。」

奇妙《きみょう》な三姉妹《しまい》は大笑《おおわら》いしました。

「はっ！　あのねこなで声《ごえ》！」

「フランツェに聞《き》かせてやりたいわ！」

「ヘーゼルナッツの〝眠《ねむ》り薬《ぐすり》〟入《い》りスープ！」

そのとき、

「お母様《かあさま》。わたし、どうしても話《はな》したいことがあるの。」

鏡《かがみ》の向《む》こうで、ラプンツェルが言《い》いました。

「ラプンツェル！　言《い》ってもむだだと思《おも》うけど！」

奇妙《きみょう》な三姉妹《しまい》は思《おも》わず、声《こえ》を合《あ》わせて呼《よ》びかけました。でももちろん、ラプンツェルには聞《き》こえません。

「しいい！　ゴーテルが何《なに》か言《い》うわよ。」

ルシンダが二人《ふたり》にささやきます。三人《にん》は耳《みみ》を澄《す》ませました。

「さっきのけんかの後《あと》に、あなたをほっとくなんていやだったの。特《とく》にわたしが何《なに》も悪《わる》くないときにはね。」

奇妙《きみょう》な三姉妹《しまい》は、大声《おおごえ》で笑《わら》いだしました。

「わたしは悪《わる》くないだって？　ゴーテルって、本当《ほんとう》に、母親《ははおや》らしくないんだから！」

マーサがため息《いき》をつくと、ルビーが目《め》を輝《かがや》かせました。

「ほら、ラプンツェルが、また言《い》いだすわよ！　侵入者《しんにゅうしゃ》をクローゼットに閉《と》じこめることができたんだから、塔《とう》から外《そと》の世界《せかい》へ出《で》ても一人《ひとり》でやっていけるとか。」

すると、ゴーテルは両手《りょうて》を握《にぎ》りしめ、

「まだ、光《ひかり》のことを言《い》ってるんじゃないでしょうね。」

ラプンツェルをにらみつけると、

「あんたは絶対《ぜったい》に、この塔《とう》を出《で》ちゃだめなの！　一生《いっしょう》！」

と、大声《おおごえ》でわめいたのです。

「やったぁ！　ゴーテルがついに、本性《ほんしょう》を現《あらわ》したわよ。」

奇妙《きみょう》な三姉妹《しまい》はおどり上《あ》がりました。

と、ゴーテルは近《ちか》くのいすに倒《たお》れこみ、両手《りょうて》で顔《かお》をおおって言《い》ったのです。

「ああ、もうやだ。わたしが悪者《わるもの》ってわけね。」

奇妙《きみょう》な三姉妹《しまい》は顔《かお》を見合《みあ》わせ、言《い》いました。

「何《なに》よ。ラプンツェルの同情《どうじょう》を引《ひ》こうとして。」

「一刻《いっこく》もはやく、ラプンツェルを眠《ねむ》らせて、屋敷《やしき》に運《はこ》びこみたいだけ。」

「二人《ふたり》の姉《あね》を生《い》き返《かえ》らせるために！」

そのとき、ラプンツェルが口《くち》を開《ひら》きました。

「わたしが言《い》いたかったことは……、お誕生日《たんじょうび》のプレゼントの話《はなし》なの。」

「そうだったの。で、何《なに》がほしいの？」

ゴーテルはほっとして聞《き》きました。すると、

「絵《え》の具《ぐ》よ。前《まえ》にもってきてくれたでしょ？　あの白《しろ》い貝殻《かいがら》の……。」

ラプンツェルは、がっかりした声《こえ》で心《こころ》にもないことを頼《たの》みました。

ゴーテルは、ねこなで声《ごえ》で言《い》いました。

「すごく遠《とお》くまで行《い》かなきゃ手《て》に入《はい》らないのよ。三日《みっか》はかかってしまう。」

「三日《みっか》なら、あんたの姉《ねえ》さんたちの様子《ようす》を、じゅうぶん調《しら》べられるわよねえ。」

鏡《かがみ》のこちら側《がわ》で、ルシンダがゴーテルに熱心《ねっしん》に呼《よ》びかけてから、

「ゴーテルは魔女《まじょ》だからね。こっちの声《こえ》が聞《き》こえるはずよね。」

と、マーサとルビーにささやきます。

マーサとルビーが、同時《どうじ》にうなずきました。

「姉《ねえ》さんたちを見《み》にお行《い》き！　ゴーテル！」

「ティドルボトム夫人《ふじん》の様子《ようす》も見《み》なくちゃ。」

「あの人《ひと》、もともと、ばあさんなんだから。死《し》んじゃったら大変《たいへん》よ。」

奇妙《きみょう》な三姉妹《しまい》は次々《つぎつぎ》と、魔力《まりょく》をひめた言葉《ことば》でゴーテルをおどし、

「さあ行《い》け、すぐに！　あんたの姉《ねえ》さんたちのところへ！」

と、声《こえ》を合《あ》わせてさけびました。すると、

「ちゃんと一人《ひとり》で待《ま》ってられるの？」

ゴーテルが、また、ねこなで声《ごえ》でラプンツェルに尋《たず》ねたのです。

「だって、ここにいる限《かぎ》りは安全《あんぜん》でしょ？」

ラプンツェルは、ゴーテルを見《み》つめて、にっこり微笑《ほほえ》みました。

「じゃあ、三日《みっか》で帰《かえ》ってくるからね。」

ゴーテルはそう言《い》うと、ラプンツェルが編《あ》んでくれたバスケットをかかえ、

「あなたのこと、大好《だいす》きなんだからね。誰《だれ》よりもいちばん好《す》きよ。」

と、やさしく声《こえ》をかけました。

「わたしも大好《だいす》き！」

ラプンツェルは答《こた》えました。そして、それは本心《ほんしん》だったのです。

ラプンツェルは本当《ほんとう》に、母《はは》ゴーテルを心《こころ》から愛《あい》していました。

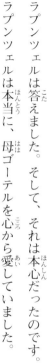

19 ゴーテルの試練《しれん》

奇妙《きみょう》な三姉妹《しまい》は、ゴーテルが秘密《ひみつ》の洞窟《どうくつ》を出《で》て、枯《か》れ木《き》の森《もり》の前《まえ》を通《とお》り、屋敷《やしき》に向《む》かうあいだじゅう、せっせとけしかけました。

「ラプンツェルなら、心配《しんぱい》ないわ！　さっさと姉《ねえ》さんたちのところへお行《い》き！」

塔《とう》ではラプンツェルが、フライパンを振《ふ》り上《あ》げてクローゼットに近《ちか》づいていきます。

「ラプンツェルったら、閉《と》じこめたフリン・ライダーをどうするつもり？」

うろたえるマーサを、ルシンダが黙《だま》らせます。

「いいから、どうなるか、見《み》てみましょ。」

次《つぎ》の瞬間《しゅんかん》、鏡《かがみ》の中《なか》のラプンツェルは、長《なが》い髪《かみ》をロープのように操《あやつ》り、クローゼットの扉《とびら》のノブに引《ひ》っかけました。

「投《な》げなわ成功《せいこう》！　おみごと、ラプンツェル！」

ルシンダが拍手《はくしゅ》したとたん、ラプンツェルは髪《かみ》をたぐり寄《よ》せました。すると、クローゼットの扉《とびら》があいて、気絶《きぜつ》しているフリンがどさっとゆかに転《ころ》がります。

ラプンツェルが長《なが》い髪《かみ》でフリンをいすに縛《しば》りつけると、パスカルがフリンの肩《かた》に乗《の》り、長《なが》い舌《した》をフリンの耳《みみ》につっこみました。

「まぬけ男《おとこ》、目《め》をあけたわ。パスカルもおみごと！　きゃきゃっ。」

奇妙《きみょう》な三姉妹《しまい》は手《て》をたたきながら、踊《おど》りだします。

「やあ、俺《おれ》、フリン・ライダー。それより俺《おれ》のティアラ、どこにやった？」

フリンは、ラプンツェルをじ～っと見《み》つめながら、あまい声《こえ》で聞《き》きました。

「だめよ、うぬぼれ男《おとこ》。ラプンツェルには、そんなうるうる目《め》は通《つう》じないの！」

ルビーがやじをとばします。でも、もちろん鏡《かがみ》の向《む》こうの二人《ふたり》には聞《き》こえません。

ラプンツェルはフライパンを振《ふ》りかざすと、フリンに言《い》います。

「いい？　明日《あす》の夜《よる》、光《ひかり》が空《そら》に向《む》かって飛《と》んでいくの。わたしをその場所《ばしょ》に連《つ》れていき、その後《あと》、ここへ送《おく》り届《とど》けて。そしたら、ティアラを返《かえ》してあげる。」

「あらら、ティアラはもともと、ラプンツェルのものじゃないの！」

マーサが不満《ふまん》そうにさけぶと、ルビーが、

「そんなこと、どうでもいいわよ。これでラプンツェルを塔《とう》から出《だ》せる！」

と言《い》いました。三人《にん》は歌《うた》いながら、鏡張《かがみば》りの部屋《へや》の中《なか》を踊《おど》り回《まわ》ります。すると、

「そういえば、ゴーテルは何《なに》してる？」

ルシンダが別《べつ》の鏡《かがみ》を見《み》つめ、

「ゴーテルを見《み》せろ！　あ、やめた！　また、ラプンツェルを見《み》せろ！」

と命《めい》じました。鏡《かがみ》の中《なか》のラプンツェルは、野原《のはら》を走《はし》り回《まわ》り、小川《おがわ》に足《あし》を入《い》れて、初《はじ》めて踏《ふ》み入《い》れた外《そと》の世界《せかい》を思《おも》い切《き》り楽《たの》しんでいます。

「とうとう外《そと》に出《で》たーっ！　……ああ、どうしよう。お母様《かあさま》が悲《かな》しむわ。」

ラプンツェルは、はしゃいだかと思《おも》うと、すぐさまつぶやきます。

「じゃあ、今《いま》すぐ、君《きみ》を家《いえ》まで送《おく》ってやる。」

フリンがほっとしながら言《い》うと、ラプンツェルは大声《おおごえ》で拒否《きょひ》しました。

「いやよ。わたしはどうしてもあの光《ひかり》を見《み》たいの！」

「おっと、危《あぶ》ないところだった。この役立《やくた》たず男《おとこ》！」

奇妙《きみょう》な三姉妹《しまい》は、わめきたてます。やがて、

「あらっ⁉　ゴーテルが、あわてて戻《もど》ってくるわ！」

ルシンダが別《べつ》の鏡《かがみ》を指《ゆび》さしてさけびました。

「途中《とちゅう》で王国《おうこく》の城《しろ》の馬《うま》と出会《であ》って、ラプンツェルのことが気《き》になったみたい。」

三人《にん》はさっそくゴーテルの心《こころ》に呼《よ》びかけました。

「図星《ずぼし》よ！　ゴーテル。あんたのだいじな〈花《はな》〉は消《き》えちまったわよ！」

あせったゴーテルが、急《きゅう》に歩《あゆ》みをはやめます。

「あんたはあたしたちに、ラプンツェルの花《はな》を貸《か》してくれなかった！」

「だから、マレフィセントは死《し》んだのよ！」

「これは、その報《むく》い！」

奇妙《きみょう》な三姉妹《しまい》は、代《か》わる代《が》わる、ゴーテルに呼《よ》びかけます。

「ラプンツェル！　髪《かみ》の毛《け》を下《お》ろして～！」

塔《とう》の前《まえ》でゴーテルはさけびます。けれども返事《へんじ》はありません。

ゴーテルは、あわてて塔《とう》の秘密《ひみつ》の階段《かいだん》を上《のぼ》りはじめます。

「ちょっと、ゴーテルがティアラとフリンの指名手配《しめいてはい》のポスターを見《み》つけたわ。」

マーサとルビーがささやきます。すると、

「こいつがティアラを盗《ぬす》み、あたしの〈花《はな》〉まで盗《ぬす》んでいったのか。殺《ころ》してやる！」

鏡《かがみ》の中《なか》のゴーテルは、ナイフをつかみ、塔《とう》から出《で》ていきました。

「ちょっと、どうする？」

マーサとルビーが抱《だ》き合《あ》って震《ふる》えていると、ルシンダは言《い》いました。

「やってみろ、ゴーテル！　自分《じぶん》にどれほど力《ちから》があると思《おも》っているのさ。」

20 この母《はは》にしてこの娘《むすめ》

「例《れい》の姉妹《しまい》を出《だ》せ。」

ゴーテルは鏡《かがみ》に命《めい》じました。

ところが鏡《かがみ》の向《む》こうに見《み》えたのは、奇妙《きみょう》な三姉妹《しまい》ではありません。二人《ふたり》の姉《あね》、ヘーゼルとプリムローズの姿《すがた》だったのです。二人《ふたり》のひつぎはあいています。ゴーテルはあわてふためき、

「どういうことだ!? ティドルボトム夫人《ふじん》は、どうした？ ティドルボトム夫人《ふじん》を見《み》せろ！ あの老婆《ろうば》を出《だ》すんだ！」

と目《め》をつり上《あ》げ、足《あし》を踏《ふ》み鳴《な》らしながら鏡《かがみ》をどなりつけました。

鏡《かがみ》は突然《とつぜん》くもり、うずまく雲《くも》の中《なか》から、ルシンダがけたたましい笑《わら》い声《こえ》とともに現《あらわ》れると言《い》いました。

「あの老婆《ろうば》だって⁉　ゴーテル、鏡《かがみ》の中《なか》の自分《じぶん》を見《み》るがいい。」

あせって鏡《かがみ》をのぞきこんだゴーテルは、あっと息《いき》を呑《の》みました。

そこには、顔《かお》にしわが出《で》はじめている自分《じぶん》の姿《すがた》が映《うつ》っていたのです。

「わかっているよね。〈花《はな》〉がないと、あんたは老《お》いるばかり……。」

鏡《かがみ》の中《なか》にふたたび現《あらわ》れたルシンダは、真《ま》っ赤《か》な唇《くちびる》をゆがめてつづけました。

「ねえ、ゴーテル。あんたは、山《やま》の向《む》こうの国王夫妻《こくおうふさい》から生《う》まれたばかりの王女《おうじょ》を奪《うば》い、ラプンツェルと名《な》づけた。そして、自分《じぶん》が母親《ははおや》だと思《おも》わせた。あんたの人生《じんせい》は、母親《ははおや》のマネアそっくり。嘘《うそ》にまみれてる！　この母《はは》にしてこの娘《むすめ》ってことかしら。」

「黙《だま》れ！　母《はは》のことなんか、何《なに》も知《し》らないくせに。」

ゴーテルの言葉《ことば》に、ルシンダはふふんと笑《わら》いました。

「知《し》ってるわよ。あんたの母親《ははおや》のことなら何《なに》もかも。あんたの母親《ははおや》、死者《ししゃ》の女王《じょおう》マネアは、あんたに嘘《うそ》をついた。あんたは自分《じぶん》があの女《おんな》の娘《むすめ》だと思《おも》っているようだけどね。それは違《ちが》う。あんた、あの女《おんな》が父親《ちちおや》について一言《ひとこと》でも話《はな》すのを聞《き》いたことある？ないでしょ。つまり、あの女《おんな》はあんたを魔術《まじゅつ》で生《う》みだしたってこと。」

「嘘《うそ》だ！　大嘘《おおうそ》だ！」

わめくゴーテルに、ルシンダは静《しず》かに言《い》いました。

「大嘘《おおうそ》つきは、あんたのほうよ。自分《じぶん》の魂《たましい》をのぞいてごらん、ゴーテル。真実《しんじつ》が見《み》えてくるはず。あんたの魂《たましい》の中《なか》には、あんたの母親《ははおや》がいるの。」

ゴーテルには、ルシンダが真実《しんじつ》を告《つ》げているのがわかっていました。ルシンダが、前々《まえまえ》からすべてを知《し》っていたことも。けれども、

「わたしは、母《はは》の魔術《まじゅつ》で生《う》みだされた子《こ》かもしれない。でもあの人《ひと》は母《はは》よ。」

ひるまず言《い》い返《かえ》しました。ルシンダも負《ま》けてはいません。

「そうでしょ、ゴーテル。あんたはいつだって、利己的《りこてき》だった。マネアとそっくり。自分《じぶん》のことしか考《かんが》えず、他人《たにん》の頼《たの》みに耳《みみ》を傾《かたむ》けたことなんかない。たとえば、あんた

のあわれな姉《あね》たちが、あんたが計画《けいかく》したような人生《じんせい》はいやだと、いくら言《い》っても聞《き》かなかった。そうそう、ゴーテル。あんた、母親《ははおや》から何度《なんど》か『おまえは、あたし自身《じしん》だ。』と言《い》われたことがあるでしょ。覚《おぼ》えてないとは言《い》わせないわよ。あんたはたしかに、母親《ははおや》そっくり。あんたはマネアの腹黒《はらぐろ》い娘《むすめ》よ。ただし、マネアの威厳《いげん》も魔力《まりょく》もないけどね。」

「でも、姉《あね》たちは？　わたしには姉《あね》たちがいるわ！」

ゴーテルがわめくと、ルシンダはげらげら笑《わら》って、こう言《い》いました。

「あの二人《ふたり》は、あんたの本当《ほんとう》の姉《ねえ》さんなんかじゃないわよ。二人《ふたり》をよく見《み》てごらん——あんたに、ちっとも似《に》てない。しかも二人《ふたり》は、互《たが》いに似《に》ていない。あの二人《ふたり》はね、マネアがジェイコブ卿《きょう》に、近《ちか》くの村《むら》からさらってくるように命《めい》じた子《こ》どもたちなの。あんたが母親《ははおや》の跡《あと》を継《つ》いで、あの森《もり》の女王《じょおう》になったとき、あんたを支《ささ》える者《もの》としてねえ。ヘーゼルはあんたの心《こころ》のよりどころとして。プリムローズはあんたを楽《たの》しませるために。ところがそれも、すべて失敗《しっぱい》に終《お》わったの。ひどい失敗《しっぱい》に。あげくのはてに、あんたはひとりぼっちになった。わかる？」

ルシンダはふたたびけたたましく笑《わら》うと、つづけました。

「あんた、自分《じぶん》のその顔《かお》を見《み》てごらん。母親《ははおや》とそっくりよ！　いや、母親《ははおや》よりひどいわね。冷酷《れいこく》な策略家《さくりゃくか》。しかも母親《ははおや》のような野心《やしん》も魔力《まりょく》もない。あんたは腰抜《こしぬ》け！　あんたは自分《じぶん》の人生《じんせい》をむだにした。今《いま》のこんなあんたを見《み》たら、マネアはさぞがっかりするでしょうよ。」

「ヘーゼルとプリムローズが本当《ほんとう》の姉《ねえ》さんじゃなくったって構《かま》わない。わたしはあの二人《ふたり》を愛《あい》してる！　あんたたち三人《にん》なんかより、ずっといい姉《あね》たちよ。」

「あの二人《ふたり》を愛《あい》してる？　本当《ほんとう》に？」

ルシンダは聞《き》きました。

「もしそうなら、あんた、あの二人《ふたり》に母親《ははおや》の血《ち》を分《わ》けて、生《い》き返《かえ》らせることができるか試《ため》したはずじゃない？　あんなにぐずぐずしていたのは、自分《じぶん》の心《こころ》を読《よ》まれるのが怖《こわ》かったんでしょ？」

「それは怖《こわ》いわよ。たとえ姉《あね》たちにだって、自分《じぶん》の心《こころ》のうちを知《し》られるのはいや。」

「ふうん、でも、二人《ふたり》があんたの本物《ほんもの》の姉《ねえ》さんなら、とっくにあんたの心《こころ》が読《よ》めてるはずよ。あたしたちみたいにねえ。」

「あなたたちがお互《たが》いの心《こころ》を読《よ》めるのは、魔女《まじょ》だからじゃないの？」

「じゃあ、聞《き》くけど。あたしたちがあんたを手伝《てつだ》って、ヘーゼルとプリムローズを生《い》き返《かえ》らせようとしたとき、プリムローズはあんたに、なんて言《い》った？」

「……『わたしたちを死《し》なせて。』」

「そうでしょ。『わたしたちを死《し》なせて』――そう言《い》った。それでもあんたは、気《き》の遠《とお》くなるほどの年月《ねんげつ》、姉《あね》たちを生《い》き返《かえ》らせる手段《しゅだん》をさがしつづけた。あんたなんかといっしょに生《い》きるのは、死《し》んでるのも同然《どうぜん》。あんたみたいないやらしい人殺《ひとごろ》しと結託《けったく》して子《こ》どもらを殺《ころ》し、視力《しりょく》を奪《うば》い、むりやりあんたの命令《めいれい》に従《したが》わされる人生《じんせい》なんて、死《し》んだほうがましだわよ。でもあんたは、母親《ははおや》の行動《こうどう》をそっくりそのまま継《つ》いだ。なんの疑問《ぎもん》ももたずに。」

「あなたたちだって同《おな》じでしょ！　知《し》ってるわよ。」

「あんたは自分《じぶん》の愛情《あいじょう》を、真《しん》の姉《あね》でもない姉《あね》たちに注《そそ》いだつもりでいた。でも、二人《ふたり》にはあんたが理解《りかい》できなかった。あたしたち三姉妹《しまい》とは違《ちが》う。」

「どういう意味《いみ》よ!?」

「まあ、いいじゃない。あんたは自分《じぶん》の〈花《はな》〉を追《お》いかけて、どうなるか見《み》ればいい。〈花《はな》〉は今《いま》、大《おお》どろぼうといっしょに酒場《さかば》にいるわ。そこのすぐ近《ちか》くのねえ。このいろんな鏡《かがみ》に映《うつ》ってるわよ。あたしたちは、見《み》てるからね。」

ルシンダが言《い》うと、鏡《かがみ》は真《ま》っ暗《くら》になり、ゴーテルは、ひとりぼっちで鏡《かがみ》の前《まえ》に取《と》り残《のこ》されました。母《はは》マネアがいつか言《い》ったように、たった一人《ひとり》で。

夢《ゆめ》の国《くに》のいくつもの鏡《かがみ》には、さまざまな光景《こうけい》がものすごいスピードで映《うつ》っては消《き》えていきます。それは、奇妙《きみょう》な三姉妹《しまい》がよく知《し》っている物語《ものがたり》。遠《とお》い昔《むかし》に書《か》かれた物語《ものがたり》の光景《こうけい》でした。やがて、奇妙《きみょう》な三姉妹《しまい》が書《か》いた本《ほん》のページが映《うつ》ります。

ルシンダとマーサとルビーは、キルケが本《ほん》を開《ひら》き、物語《ものがたり》を読《よ》みはじめるのを感《かん》じました。これでゴーテルを説得《せっとく》できたと、三人《にん》は思《おも》いました。キルケはどこかで、きっと見《み》ている。そして自分《じぶん》たちを許《ゆる》し、夢《ゆめ》の国《くに》から解放《かいほう》してくれるに違《ちが》いないと。今《いま》の三人《にん》には、どうやってもキルケを見《み》ることはできません。伝説《でんせつ》の魔女《まじょ》の消息《しょうそく》も、モーニングスター城《じょう》で何《なに》が起《お》こっているかも、わからないのです。

けれども、すべてはキルケのしていることだとは、わかっていました。

ルシンダはたくさんの鏡《かがみ》を見回《みまわ》し、ゴーテルが酒場《さかば》〈かわいいアヒルの子《こ》〉へ向《む》かうのをたしかめました。

21 酒場《さかば》

ここは、酒場《さかば》〈かわいいアヒルの子《こ》〉の前《まえ》。

「あ！　ゴーテルが、店《みせ》の窓《まど》から中《なか》をのぞいてるわよ。」

夢《ゆめ》の国《くに》の鏡《かがみ》の前《まえ》で、ルシンダがささやきました。

店《みせ》の中《なか》は恐《おそ》ろしげな男《おとこ》たちでいっぱいです。

どうやらこの酒場《さかば》は、悪党《あくとう》どものたまり場《ば》のよう。

「変《へん》なやつがいっぱいいるわよ。たとえば、ほら、あれ！」

マーサが指《ゆび》さすと、

「ほんとだ！　おむつを着《つ》けた、羽《はね》の生《は》えた小《ちい》さなじいさんが、空中《くうちゅう》を飛《と》んでる！」

ルビーが、目《め》を丸《まる》くしました。すると、

「いいから、あそこを見《み》て。男《おとこ》たちの中《なか》にラプンツェルとフリンがいるわ。」

ルシンダが、別《べつ》の鏡《かがみ》を指《ゆび》さしました。

「ラプンツェル、かなりごきげんじゃない！」

「でも、フリンは、げっそりしてるみたい。」

マーサとルビーが次々《つぎつぎ》に言《い》うと、ルシンダは肩《かた》をすくめてつづけました。

「当《あ》てがはずれたんでしょ。世間知《せけんし》らずのお嬢《じょう》ちゃんをこんな酒場《さかば》に連《つ》れてきたら、怖《こわ》がってママのところへ逃《に》げ帰《かえ》るに違《ちが》いない。そしたら――、」

「ラプンツェルを光《ひかり》のところへ案内《あんない》しなくても、ティアラを取《と》り戻《もど》せる！」

「わあ！　やな男《おとこ》。考《かんが》え、あまーい！」

奇妙《きみょう》な三姉妹《しまい》は、鏡《かがみ》の前《まえ》で手《て》をつないで踊《おど》りだしました。すると、

「よお！　そこのかわいい、おねえちゃん！　おれの歌《うた》、聞《き》きてえか？」

一人《ひとり》の大男《おおおとこ》が、店《みせ》の舞台《ぶたい》にかけのぼって、ラプンツェルを指《ゆび》さしたのです。

「ええ、聞《き》かせて！」

ラプンツェルがにっこり微笑《ほほえ》むと、大男《おおおとこ》は歌《うた》いながら、酒場《さかば》のピアノを自由自在《じゆうじざい》に弾《ひ》きはじめました。

「うわあ、じょうず！」

ラプンツェルは夢中《むちゅう》で拍手《はくしゅ》します。

荒《あら》くれ男《おとこ》たちは大《おお》はしゃぎし、競《きそ》ってラプンツェルに夢《ゆめ》を話《はな》しはじめました。

そのとき酒場《さかば》の扉《とびら》がバンとあき、

「ライダーはどこだ？　どこにいる！」

兵隊《へいたい》を引《ひ》き連《つ》れた王国《おうこく》の城《しろ》の警護隊長《けいごたいちょう》が、フリンの指名手配《しめいてはい》のポスターを振《ふ》りかざして飛《と》びこんできました。

さっきピアノを弾《ひ》いていた大男《おおおとこ》が、素早《すばや》くラプンツェルとフリンを、店《みせ》の奥《おく》にある秘密《ひみつ》の通路《つうろ》から逃《に》がします。

けれど、警護隊長《けいごたいちょう》の馬《うま》が二人《ふたり》のにおいをかぎつけ、秘密《ひみつ》の通路《つうろ》を見《み》つけます。

「おい、秘密《ひみつ》の通路《つうろ》だ！　みんな、ついてこい！」

警護隊長《けいごたいちょう》がそう言《い》うと、兵隊《へいたい》たちは二人《ふたり》の後《あと》を追《お》いかけました。

「ちょっと、ラプンツェルとフリン、だいじょうぶかしらねえ。」

ルシンダがつぶやいたとたん、鏡《かがみ》は真《ま》っ暗《くら》になりました。

「ほかの鏡《かがみ》はどう？」

ルシンダの言葉《ことば》に、マーサとルビーは部屋《へや》じゅうの鏡《かがみ》を急《いそ》いで見回《みまわ》します。

「ほら、あっちの鏡《かがみ》！　二人《ふたり》はダムの工事現場《こうじげんば》にいるわ。外《そと》に出《で》られる通路《つうろ》ではないほうへ、間違《まちが》って行《い》ってしまったみたい。」

「こっちの鏡《かがみ》には、ゴーテルが映《うつ》ってる。酒場《さかば》の入《い》り口《ぐち》で、小《ちい》さなじいさんの鼻《はな》にナイフをつきつけているわ。」

「あの女《おんな》、いったい、何《なに》を——ああ、大変《たいへん》！」

ルシンダが、震《ふる》える指《ゆび》で、一枚《まい》の鏡《かがみ》を指《さ》しました。

「ラプンツェルとフリンが水《みず》にのみこまれる！　ダムの囲《かこ》いがはずれて洪水《こうずい》が起《お》こったのよ！　二人《ふたり》が死《し》んじゃう～!!」

ルビーが悲鳴《ひめい》を上《あ》げました。けれども次《つぎ》の瞬間《しゅんかん》、

「ほら、そこの鏡《かがみ》！　二人《ふたり》は森《もり》にいるわ。無事《ぶじ》だったのよ！」

ルシンダがうれしそうにさけび、マーサとルビーの手《て》を取《と》りました。

鏡《かがみ》の中《なか》には、ラプンツェルと手《て》にけがをしたフリンが映《うつ》っています。

ラプンツェルは、フリンの傷《きず》ついた手《て》を取《と》ると、うつむいて言《い》いました。

「わたしのせいで、ごめんなさい。お願《ねが》い、どうか……、どうか怖《こわ》がらないでね。」

「ちょっとぉ、お二人《ふたり》さん。ひょっとして、いい感《かん》じじゃない？」

奇妙《きみょう》な三姉妹《しまい》は、やじをとばします。でも、もちろん二人《ふたり》には聞《き》こえません。

それからラプンツェルは、思《おも》い切《き》ったように言《い》いました。

「わたしの髪《かみ》は、歌《うた》うと光《ひか》る魔法《まほう》の髪《かみ》よ。時《とき》を戻《もど》せる髪《かみ》。だから、傷《きず》や病気《びょうき》も治《なお》せるの……。でも、切《き》ると茶色《ちゃいろ》くなって、力《ちから》を失《うしな》ってしまうの。」

そして、フリンの傷《きず》ついた手《て》に金色《きんいろ》の長《なが》い髪《かみ》を巻《ま》きつけると、歌《うた》いだしました。

「花《はな》はきらめく　魔法《まほう》の花《はな》

時《とき》をもどせ　過去《かこ》にもどせ……」

歌《うた》い終《お》わると、フリンの手《て》の傷《きず》は、跡形《あとかた》もなく消《き》えていきました……。

22 ラプンツェルの本当《ほんとう》の味方《みかた》

そのころゴーテルは、肩《かた》からティアラを入《い》れたかばんをさげ、マントの下《した》にナイフを隠《かく》して、足早《あしばや》に森《もり》の中《なか》を歩《ある》いていました。

酒場《さかば》の入《い》り口《ぐち》にいた小《ちい》さな男《おとこ》をおどし、秘密《ひみつ》の通路《つうろ》の出口《でぐち》を聞《き》きだしたのです。男《おとこ》の言《い》うとおりなら、二人《ふたり》はこの近《ちか》くにいるはず……。

「〈花《はな》〉が塔《とう》から逃《に》げだすとは！　まったく、なんてことをしてくれたんだ！」

「あーら、ゴーテル。大変《たいへん》ねえ。」

マントのポケットの鏡《かがみ》から、奇妙《きみょう》な三姉妹《しまい》の笑《わら》い声《ごえ》がします。ゴーテルは鏡《かがみ》を取《と》り出《だ》しました。

「そっちの鏡《かがみ》に、何《なに》が映《うつ》っているの？　未来《みらい》？　わたしが知《し》りたいのはただ結果《けっか》だけ。わたしは姉《あね》たちを取《と》り戻《もど》したいの。ヘーゼルとプリムローズを。頼《たの》むから助《たす》けて！　姉《あね》たちを取《と》り戻《もど》したら、〈花《はな》〉は両親《りょうしん》のもとに返《かえ》すわ。約束《やくそく》する。」

奇妙《きみょう》な三姉妹《しまい》は、声《こえ》を合《あ》わせて、けたたましく笑《わら》いました。

「あんたが、本当《ほんとう》にラプンツェルを愛《あい》していたら、こうはならなかったはず。」

「あんたがちゃんとあの子《こ》のめんどうを見《み》て、あたたかい家庭《かてい》を築《きず》いてやっていたら

――」

「家出《いえで》なんかされなかったんじゃないの？」

ルシンダとマーサとルビーが、次々《つぎつぎ》に言《い》い立《た》てます。

「家出《いえで》!?　あんたたちが、キルケに家出《いえで》されたように？」

ゴーテルの言葉《ことば》は、奇妙《きみょう》な三姉妹《しまい》の心《こころ》を鋭《するど》いナイフのようにつきさしました。

「キルケの名前《なまえ》を出《だ》すんじゃない！」

ルシンダが、低《ひく》い声《こえ》で言《い》いました。

「そこからじゃ、何《なに》もできないくせに！」

ゴーテルは精一杯《せいいっぱい》、言《い》い返《かえ》しました。

「忘《わす》れた？　ゴーテル。あたしたちの鏡《かがみ》の一枚《まい》は、あんたの屋敷《やしき》の地下室《ちかしつ》にあるのよ。あんたの姉《ねえ》さんたちが眠《ねむ》る地下室《ちかしつ》にねえ。」

鏡《かがみ》の向《む》こうで、ルシンダが目《め》をつり上《あ》げます。

「わたしの姉《あね》たちを、巻《ま》きこまないで！」

ゴーテルがわめいたとたん、

「だったら、キルケも巻《ま》きこまないで！　それより、あんたの〈花《はな》〉は、恋《こい》を知《し》ったらしいわねえ～。きゃっきゃっきゃっ。」

けたたましい笑《わら》い声《ごえ》とともに、奇妙《きみょう》な三姉妹《しまい》の姿《すがた》は消《き》えました。

「ふん、勝手《かって》に消《き》えろ！」

ゴーテルは吐《は》き捨《す》てるように言《い》い、また歩《ある》きだします。

あたりが真《ま》っ暗《くら》になったころ。切《き》り株《かぶ》にラプンツェルが一人《ひとり》で座《すわ》っているのを見《み》つけました。ゴーテルは、はやる心《こころ》を抑《おさ》えて、平然《へいぜん》と言《い》います。

「あーら、ラプンツェル。あの男《おとこ》、どこへ行《い》ったの？」

突然《とつぜん》、ゴーテルの声《こえ》を聞《き》いたラプンツェルは、もうびっくり。

「お、お母様《かあさま》！　……彼《かれ》はたきぎを集《あつ》めに行《い》ったわ。ああ、だけど、どうやってわたしを見《み》つけたの？」

「反抗《はんこう》と裏切《うらぎ》りのにおいがぷんぷんしたから、そのにおいをたどってきたの。」

「お母様《かあさま》……。」

ラプンツェルは、うなだれました。

「おうちに帰《かえ》るわよ、ラプンツェル。さあ、今《いま》すぐに！」

「お母様《かあさま》はわかってないのよ。初《はじ》めて外《そと》の世界《せかい》に出《で》て、有意義《ゆういぎ》な旅《たび》をしているの。いろんなものを見《み》て、たくさん学《まな》んだし、知《し》り合《あ》いもできたのよ。」

「指名手配《しめいてはい》のこそどろね。すばらしいわ。さあ、行《い》くわよ。」

「お母様《かあさま》、待《ま》って。きっとね……、彼《かれ》はわたしが好《す》きなの。」

「あなたを好《す》きですって？　やめて、どうかしてるわ！」

「でも、お母様《かあさま》……。」

ゴーテルは大《おお》げさに、ため息《いき》をついてみせました。

「あなたみたいな子《こ》ども、好《す》かれるはずないでしょ。さあ、頭《あたま》を冷《ひ》やして。お母様《かあさま》のところへ帰《かえ》ってらっしゃい。さあ！」

「いやよ！」

ラプンツェルは、首《くび》を強《つよ》く横《よこ》にふりました。

初《はじ》めて〈花《はな》〉に逆《さか》らわれたゴーテルは、あわてふためきました。そしていまいましそうに、

「それならあいつに渡《わた》してみるがいい。これを！」

ラプンツェルに向《む》かって、ティアラが入《はい》ったかばんを投《な》げつけたのです。

「どうして、これを――。」

ゴーテルは真剣《しんけん》な顔《かお》を作《つく》ると、

「あの男《おとこ》は、それが狙《ねら》いなのよ。渡《わた》したら、すぐ逃《に》げだす。おまえは置《お》き去《ざ》りよ。でも、それほど愛《あい》されてるって自信《じしん》があるなら、あいつを試《ため》してごらん。」

「ええ、そうするわ。」

ラプンツェルは胸《むね》を張《は》りました。

「まあ、好《す》きにしてごらん。そして、自分《じぶん》が間違《まちが》っていたとわかったら、いつでもおうちに帰《かえ》っておいで。おまえのいちばんの味方《みかた》は、このお母様《かあさま》だよ。」

ゴーテルはそう言《い》うと、立《た》ち去《さ》りました——。

23 ラプンツェル、夢《ゆめ》を叶《かな》える

夢《ゆめ》の国《くに》では、奇妙《きみょう》な三姉妹《しまい》が、部屋《へや》の鏡《かがみ》をじっと見《み》つめています。

「ほら、フリンとラプンツェルが、王国《おうこく》の城《しろ》へ向《む》かってる。」

「ラプンツェルは、ティアラが入《はい》ったかばんを、隠《かく》しもっているわ。」

「ゴーテルから投《な》げつけられた、あのかばんを！」

「ねえ、ルシンダ。ゴーテルったら、どういうつもりだと思《おも》う？」

マーサとルビーが口々《くちぐち》に言《い》うと、

「まあ、いいから、今《いま》はあの二人《ふたり》に注目《ちゅうもく》！」

ルシンダは答《こた》えます。鏡《かがみ》の中《なか》の二人《ふたり》が、森《もり》と王国《おうこく》の城《しろ》をつなぐ橋《はし》を渡《わた》りました。

「あの子《こ》は、とうとう帰《かえ》ってきたのね！　自分《じぶん》の生《う》まれた国《くに》に。」

マーサが思《おも》わず涙《なみだ》をぬぐいます。青空《あおぞら》に白《しろ》い雲《くも》。海《うみ》に浮《う》かぶ緑《みどり》の丘《おか》の上《うえ》には、紫《むらさき》色《いろ》の屋根《やね》の城《しろ》が立《た》っていました。

町《まち》の広場《ひろば》は国旗《こっき》やモールで飾《かざ》られ、王女様《おうじょさま》の誕生日《たんじょうび》を祝《いわ》うたくさんの人《ひと》でにぎわっていました。あちこちに、お菓子屋《かしや》やパン屋《や》、くだもの屋《や》の屋台《やたい》も出《で》ています。

ラプンツェルがきょろきょろしながら広場《ひろば》を歩《ある》いていると、王様《おうさま》と、王女様《おうじょさま》を抱《だ》いている王妃様《おうひさま》の大《おお》きな壁画《へきが》の前《まえ》で、一人《ひとり》の少女《しょうじょ》が花《はな》を手向《たむ》けていました。

「消《き》えたプリンセスに……。」

ラプンツェルは、壁画《へきが》の王女様《おうじょさま》を見《み》ているうちに、なぜかなつかしい思《おも》いがしてきました。髪《かみ》の色《いろ》も、誕生日《たんじょうび》も自分《じぶん》と同《おな》じ王女様《おうじょさま》……。

フリンは、男《おとこ》の子《こ》から小《ちい》さな国旗《こっき》を買《か》うと、ラプンツェルに渡《わた》しました。

「ありがとう。」

ラプンツェルはお礼《れい》を言《い》うと、紫色《むらさきいろ》の国旗《こっき》に描《えが》かれた太陽《たいよう》の絵《え》を見《み》つめました。

そのとき、笛《ふえ》とバイオリンの陽気《ようき》な音楽《おんがく》が聞《き》こえてきました。

わくわくしてきたラプンツェルは、町《まち》の人々《ひとびと》を誘《さそ》います。

「さあ、踊《おど》りましょ！　あなたも、あなたも！　みんなでいっしょに！」

輝《かがや》く太陽《たいよう》のもとで、広場《ひろば》にはたちまち、大《おお》きな踊《おど》りのうずができました。

ラプンツェルがそばで見《み》ていたフリンの手《て》を取《と》ると、フリンも踊《おど》りだします。

やがて踊《おど》りが終《お》わると、フリンはまじめな顔《かお》で、

「きょうは、人生《じんせい》で最高《さいこう》の日《ひ》なんだろ。とびきりの席《せき》を用意《ようい》しなきゃ。」

と言《い》い、ラプンツェルの手《て》を引《ひ》いて桟橋《さんばし》に行《い》きました。そして、ボートにラプンツェルを乗《の》せ、城《しろ》が見《み》える場所《ばしょ》まで漕《こ》いでいきました。

＊＊＊

やがて日《ひ》が沈《しず》むと、国王夫妻《こくおうふさい》が城《しろ》のバルコニーからランタンを飛《と》ばしました。王女《おうじょ》が一日《いちにち》もはやく見《み》つかることを祈《いの》りながら……。

それを合図《あいず》に、国《くに》じゅうの人々《ひとびと》もいっせいにランタンを飛《と》ばします。

「消《き》えたプリンセスが、王国《おうこく》に戻《もど》ってきますように……。」

すると、夜空《よぞら》はたちまち、何千《なんぜん》もの光《ひかり》でいっぱいになりました。

「なんて、きれいなの！　わたし、やっと、間近《まぢか》で光《ひかり》を見《み》ることができたのね！」

ラプンツェルはボートの上《うえ》で、思《おも》わず目《め》を見張《みは》りました。

「本当《ほんとう》にありがとう！　わたし、渡《わた》すものがあるの。もっとはやく返《かえ》さなきゃいけなかったんだけど……。」

ラプンツェルはティアラが入《はい》ったかばんを、フリンにさしだしました――。

夢《ゆめ》の国《くに》の鏡《かがみ》の前《まえ》では、奇妙《きみょう》な三姉妹《しまい》が二人《ふたり》の様子《ようす》に大喜《おおよろこ》びです。

「やったわねえ！　いいムード。」

「毎年《まいとし》、王女様《おうじょさま》の誕生日《たんじょうび》に、ランタンの光《ひかり》を飛《と》ばそうと思《おも》いついたのは――、」

「ほかでもない、この、あたしたち！」

「そ！　国王《こくおう》にばらの茂《しげ》みの魔法《まほう》を解《と》く呪文《じゅもん》を教《おし》えたのもね。キルケは怒《おこ》ってないわよね。よけいなことをしたって。」

マーサとルビーの会話《かいわ》に、ルシンダがまゆをひそめました。

「まさか！　あたしたちはゴーテルがあのおぞましい死者《ししゃ》の森《もり》を出《で》るのを助《たす》けようとした。それがあんな悲惨《ひさん》な結果《けっか》になるとは考《かんが》えもしなかったけどねえ。」

ルシンダの言葉《ことば》に、マーサとルビーが大《おお》きくうなずきます。

「ねえ、見《み》て！　フリンが岸辺《きしべ》に立《た》っている男《おとこ》たちを見《み》つけたわ。」

「あれは、いっしょにティアラを盗《ぬす》んだどろぼう仲間《なかま》の大男《おおおとこ》たちね。」

マーサとルビーがささやくと、鏡《かがみ》の中《なか》のフリンはラプンツェルに、

「ちょっと片《かた》づけることがあるんだ。すぐに戻《もど》るから、待《ま》っていて。」

と言《い》って、急《いそ》いでボートを岸《きし》につけると、立《た》ち去《さ》った大男《おおおとこ》たちの後《あと》を追《お》いました。

そのとき、すべての鏡《かがみ》が真《ま》っ暗《くら》になりました。

「何《なに》よ、これ!?　ラプンツェルを出《だ》せ！　ラプンツェルを！」

奇妙《きみょう》な三姉妹《しまい》は、口々《くちぐち》にわめきます。

すると、部屋《へや》を囲《かこ》むすべての鏡《かがみ》に、なんとキルケの顔《かお》が現《あらわ》れました。

「じゃまをしないで！」

キルケがどなると、奇妙《きみょう》な三姉妹《しまい》はさけびました。

「あたしたちは、いいことをしてた。ラプンツェルを助《たす》けようとしてた！」

「姉《ねえ》さんたち、お願《ねが》い。もう、いい加減《かげん》にして！」

キルケは、いらだたしげに首《くび》をふると、つづけました。

「姉《ねえ》さんたちが手《て》を出《だ》すと、必《かなら》ず悲劇《ひげき》が起《お》こる。姉《ねえ》さんたちのせいで、アースラは死《し》んだ。マレフィセントも。白雪姫《しらゆきひめ》は幼《おさな》いころから今《いま》もまだ、夢《ゆめ》の中《なか》で姉《ねえ》さんたちに追《お》いかけ回《まわ》されているそうよ。そしてこんどはゴーテルに目《め》をつけた。次《つぎ》はラプンツェル？　いったい何人《なんにん》の人生《じんせい》を台無《だいな》しにすれば、気《き》がすむの！

ここはわたしと妖精《ようせい》たちに任《まか》せて。もし姉《ねえ》さんたちが、もう一度《いちど》わたしに会《あ》いたいと思《おも》うなら、もう、手出《てだ》しをしないでちょうだい。わかった？」

「あんたと〝妖精《ようせい》たち〟？　それ、どういう意味《いみ》!?」

奇妙《きみょう》な三姉妹《しまい》は、揃《そろ》って大声《おおごえ》を上《あ》げました。けれどもキルケは、

「もう行《い》かなくちゃ。お願《ねが》いだから、じゃましないで！」

と、冷《つめ》たく言《い》ったのです。

「じゃあ、あたしたちの鏡《かがみ》は？　鏡《かがみ》は返《かえ》してもらえるの？」

ルシンダが、あわてて聞《き》きました。

「この件《けん》が片《かた》づくまではだめ。でも最後《さいご》には返《かえ》してあげるわ。」

キルケはため息《いき》をつき、

「じゃあね、わたしのお母《かあ》さんたち。」

と言《い》うと、鏡《かがみ》の中《なか》に消《き》えたのです。

24 裏切《うらぎ》られたラプンツェル

「まったく、何《なに》よ！　キルケの偉《えら》そうなあの態度《たいど》！」

「誰《だれ》があんたを生《う》みだしてやったと思《おも》ってるの！　裏切《うらぎ》り者《もの》！」

キルケが鏡《かがみ》の中《なか》に消《き》えると、マーサとルビーが、鏡《かがみ》に向《む》かってわめきたてます。

「覚《おぼ》えておいで、キルケ！　あんたのもっているものはすべて破壊《はかい》してやる！」

ルシンダが目《め》をつり上《あ》げてさけんでも、鏡《かがみ》の表面《ひょうめん》は真《ま》っ暗《くら》なままです。

奇妙《きみょう》な三姉妹《しまい》はどなり疲《つか》れて、ゆかに座《すわ》りこんでしまいました。

＊＊＊

そのころ、ゴーテルはむっつり黙《だま》りこんで、岸辺《きしべ》近《ちか》くの茂《しげ》みに立《た》っていました。

こんなに激《はげ》しい孤独《こどく》を感《かん》じたのは、数百年前《すうひゃくねんまえ》、二人《ふたり》の姉《あね》ヘーゼルとプリムローズを失《うしな》ったとき以来《いらい》のことです。

(誰《だれ》かと話《はな》したい。誰《だれ》かにこの気持《きも》ちを打《う》ち明《あ》けたい。)

思《おも》わず奇妙《きみょう》な三姉妹《しまい》に呼《よ》びかけようとしました。

けれども心《こころ》のどこかで、三人《にん》は答《こた》えないとわかっていたのです。

(みんな、行《い》ってしまった。わたしを見捨《みす》てて……。)

ゴーテルの耳《みみ》に、亡《な》き母《はは》マネアの言葉《ことば》がよみがえります。

――おまえは、一人《ひとり》になる運命《うんめい》なのさ。

ゴーテルはため息《いき》をつき、岸辺《きしべ》の岩《いわ》かげにひそむと、目《め》をこらしました。

星明《ほしあ》かりの中《なか》、すぐそばの岩《いわ》には、二人《ふたり》の大男《おおおとこ》が怖《こわ》い顔《かお》をして座《すわ》っています。

ゴーテルは酒場《さかば》の秘密《ひみつ》の通路《つうろ》の出口《でぐち》で、フリンを追《お》いかけていた大男《おおおとこ》たちとひょっこり出会《であ》い、この男《おとこ》たちを利用《りよう》して、ある悪《わる》だくみを思《おも》いついたのです。

やがて、向《む》こうのほうからフリンが歩《ある》いてきました。

「よお！　はぐれてから、そこらじゅうさがし回《まわ》ったんだぜ。あんときは悪《わる》かった。ティアラはおまえたちのもんだ。ほら、受《う》け取《と》れ。」

フリンはかばんの中《なか》からティアラを出《だ》すと、二人《ふたり》に向《む》かって放《ほう》り投《な》げました。

「はぐれた？　この裏切《うらぎ》り者《もの》が！　それはそうと、ティアラよりずっと価値《かち》があるものを見《み》つけたらしいな。俺《おれ》たちがほしいのは、ティアラではなくて、そっちだ。」

「ボートでおまえを待《ま》ってる、魔法《まほう》の髪《かみ》のおねえちゃんだよ！」

二人《ふたり》は、さっと目《め》で合図《あいず》をし合《あ》うと、フリンに襲《おそ》いかかりました。

「やめろ！　彼女《かのじょ》は関係《かんけい》ない！」

フリンは必死《ひっし》に抵抗《ていこう》しますが、二対《たい》一では勝《か》ち目《め》はありません。

大男《おおおとこ》たちは気《き》を失《うしな》ったフリンの腕《うで》にティアラを通《とお》し、王国《おうこく》の城《しろ》に向《む》かう舟《ふね》に運《はこ》びこみました。そして、岸辺《きしべ》でフリンの帰《かえ》りを、不安《ふあん》そうに待《ま》っているラプンツェルのもとへ行《い》きました。

「ティアラをもって、一人《ひとり》で逃《に》げたのかと思《おも》って、心配《しんぱい》になっちゃった。」

足音《あしおと》を聞《き》いたラプンツェルが、フリンだと思《おも》って振《ふ》り向《む》くと……。

「あいつは逃《に》げたぜ。」

「ティアラと魔法《まほう》の髪《かみ》をもつ娘《むすめ》。いい取引《とりひき》だろ。」

大男《おおおとこ》たちが手《て》を伸《の》ばしてきたので、ラプンツェルは、あわてて逃《に》げだしました。

と、追《お》ってくる大男《おおおとこ》たちの足音《あしおと》が、突然《とつぜん》うめき声《ごえ》に！

ラプンツェルが振《ふ》り返《かえ》ると、木《き》の棒《ぼう》を手《て》にしたゴーテルの足下《あしもと》に、大男《おおおとこ》たちが倒《たお》れています……。

「ラプンツェル！　だいじょうぶかい？」

「お母様《かあさま》？　ああ、お母様《かあさま》！」

ほっとしたラプンツェルはゴーテルにしがみつき、震《ふる》える声《こえ》で言《い》いました。

「彼《かれ》にかばんを渡《わた》したの……。ぜんぶ、お母様《かあさま》が正《ただ》しかった……。」

「よくわかってるわよ。おうちに帰《かえ》ろう。お母様《かあさま》はいつだって、おまえの味方《みかた》だよ。」

ラプンツェルは、ゴーテルの腕《うで》の中《なか》で泣《な》き崩《くず》れました。

25 ここならだいじょうぶ

塔《とう》に戻《もど》ったラプンツェルは、部屋《へや》のベッドの上《うえ》でうなだれています。

「ラプンツェル、手《て》を洗《あら》ってらっしゃい。ヘーゼルナッツのスープを作《つく》ってあげる。」

ゴーテルの、やさしい声《こえ》が聞《き》こえます。

ラプンツェルはそっと手《て》を開《ひら》き、握《にぎ》りしめていた紫色《むらさきいろ》の国旗《こっき》を見《み》つめました。フリンにもらった国旗《こっき》です。金色《きんいろ》に輝《かがや》く太陽《たいよう》の紋章《もんしょう》は、ラプンツェルが昔《むかし》から、塔《とう》の部《へ》屋《や》の壁《かべ》に描《えが》きつづけている太陽《たいよう》の絵《え》とそっくりです。

（……もしかして。）

ラプンツェルが目《め》をしばたたかせたとき、

「ラプンツェル、ラプンツェル。ちょっと、だいじょうぶ？」

ゴーテルが、心配《しんぱい》そうに呼《よ》びかけながら部屋《へや》に入《はい》ってきました。

「わたしは、消《き》えたプリンセス！　そうでしょ⁉」

ラプンツェルは大《おお》きな声《こえ》で、はっきりと聞《き》きました。

「なぜ、いきなりそんなおかしな質問《しつもん》をするのよ。」

ゴーテルは大《おお》げさに驚《おどろ》いてみせましたが、ラプンツェルはごまかされません。

「あなただったのね！　みんな、あなたが仕組《しく》んだことなんでしょ⁉」

ラプンツェルは、怖《こわ》い顔《かお》をして問《と》いつめます。

「……すべては、あなたを守《まも》るために、したこと。」

「生《う》まれてからずっと、隠《かく》れて生《い》きてきた。わたしの髪《かみ》の力《ちから》を奪《うば》おうとする悪《わる》い人《ひと》たちがいるからって。でも、その力《ちから》を利用《りよう》していたのは、あなただった！」

ラプンツェルは憤《いきどお》りながらそう言《い》うと、ゴーテルを押《お》しのけて、部屋《へや》を出《で》ていこうとしました。

「あいつは、絶対《ぜったい》に来《こ》ないよ！」

ゴーテルはラプンツェルの手《て》をつかむと、冷《つめ》たく言《い》い放《はな》ちます。

「彼《かれ》に何《なに》をしたの？」

ラプンツェルは、ぎょっとして聞《き》きました。

「あのどろぼう男《おとこ》はね、もうすぐ首《くび》つりになるんだ。王女《おうじょ》のティアラを盗《ぬす》んだ罪《つみ》で。」

ゴーテルは、けたたましく笑《わら》うとつづけました。

「わたしが密告《みっこく》させたのさ。あいつの元《もと》の仲間《なかま》にね。覚《おぼ》えてるだろ？　おまえに襲《おそ》いかかろうとした、あの二人《ふたり》の大男《おおおとこ》。あれもわたしが仕組《しく》んだことだけど。」

「ひどい！　……ひどいわ、お母様《かあさま》！」

ラプンツェルが、ゴーテルにつかまれていた手《て》を振《ふ》り払《はら》ったとき、ゴーテルが化粧《けしょう》台《だい》にぶつかり、鏡《かがみ》が割《わ》れて飛《と》び散《ち》りました。

「わたしはおまえの母親《ははおや》じゃない！　おまえを本当《ほんとう》の両親《りょうしん》からさらってきた魔女《まじょ》さ。」

ゴーテルはラプンツェルにナイフをつきつけ、両手《りょうて》を後《うし》ろに回《まわ》させると、鎖《くさり》でしば

りました。そのとき、

「ラプンツェル！　ラプンツェル、髪《かみ》の毛《け》を下《お》ろしてくれ！」

塔《とう》の下《した》で、城《しろ》の牢獄《ろうごく》から逃《に》げだすことができたフリンの声《こえ》がしたのです。

ゴーテルがラプンツェルの髪《かみ》を下《お》ろすと、フリンは塔《とう》の上《うえ》まで登《のぼ》ってきました。そして、

「ラプンツェル！　もう会《あ》えないかと思《おも》ったよ。」

と言《い》いながら、塔《とう》の窓《まど》から部屋《へや》に飛《と》びこんだとたん！

フリンの後《うし》ろに立《た》っていたゴーテルが、いきなり前《まえ》に飛《と》びだし、フリンの腹《はら》をナイフで深《ふか》く刺《さ》したのです！

「ユージーン！　ユージーン！」

ラプンツェルはフリンを、手《て》の傷《きず》を治《なお》してあげたときに知《し》った本名《ほんみょう》で呼《よ》びました。

そして、両手《りょうて》を鎖《くさり》でしばられたまま、倒《たお》れているフリンのもとへ近寄《ちかよ》ります。

ゴーテルはラプンツェルとフリンを見下《みお》ろし、けたけたと笑《わら》いました。

「ぜんぶあんたのせいよ、ラプンツェル。秘密《ひみつ》はこいつとともに葬《ほうむ》られる。そして、わたしたちは、このまま姿《すがた》を消《け》すのよ。もう、二度《にど》と見《み》つからない場所《ばしょ》にね！」

「いやよ！　どんなことをしてでも逃《に》げだしてみせるから！」

ラプンツェルは吐《は》き捨《す》てるように言《い》い、フリンの顔《かお》に目《め》を移《うつ》しました。

シャツの上《うえ》から赤《あか》い血《ち》がどくどく噴《ふ》きだし、浅黒《あさぐろ》かった顔《かお》は紙《かみ》のように真《ま》っ白《しろ》です。

（……ユージーンを死《し》なせてはだめ！）

ラプンツェルはゴーテルの顔《かお》を見上《みあ》げると、言《い》いました。

「でも、彼《かれ》の傷《きず》を治《なお》させてくれるなら、あなたのそばにいる。望《のぞ》みどおり永遠《えいえん》にいっしょにね。約束《やくそく》する。」

「だめだ！　ラプンツェル……そんなことを言《い》っちゃ……いけ……ない。」

フリンは、苦《くる》しい息《いき》の下《した》からさけびます。

「だいじょうぶよ。わたしを信《しん》じて、ユージーン。」

永遠《えいえん》にいっしょに——その言葉《ことば》がゴーテルの心《こころ》をとらえました。

ゴーテルは今《いま》、ついに自分《じぶん》の望《のぞ》む人生《じんせい》を手《て》に入《い》れたのです。

永遠《えいえん》に若《わか》く、美《うつく》しさを保《たも》ちながら、何千年《なんぜんねん》も長生《ながい》きできる人生《じんせい》。

しかも、ラプンツェルの髪《かみ》があれば、二人《ふたり》の姉《あね》を生《い》き返《かえ》らせることもできます。

「いいだろう。一度《ど》だけチャンスをやる。」

ゴーテルはうなずき、ラプンツェルの鎖《くさり》をほどきました。

ラプンツェルは傷《きず》ついたフリンの上《うえ》に、かがみこみました。

「だめだ——だめ——きみに——そんなこと——。」

遠《とお》ざかる意識《いしき》の中《なか》で、フリンはふと、ラプンツェルの言葉《ことば》を思《おも》いだしました。

——わたしの髪《かみ》は、切《き》ると茶色《ちゃいろ》くなって、力《ちから》を失《うしな》ってしまうの。

フリンはとっさにゆかに落《お》ちていた鏡《かがみ》の破片《はへん》をつかみ、ラプンツェルの髪《かみ》をばっさりと切《き》り落《お》としました。ラプンツェルの金色《きんいろ》の髪《かみ》がみるみる色《いろ》を失《うしな》い、枯《か》れ葉色《はいろ》に変《か》わっていきます。

「ユージーン、何《なに》を！」

「ああ、そんな。なんてことをしてくれたの！　いやーっ！」

ラプンツェルとゴーテルが同時《どうじ》にさけびます。次《つぎ》の瞬間《しゅんかん》、ゴーテルの全身《ぜんしん》がみるみるしなびていきます。四百歳《さい》かと思《おも》えるような白髪《しらが》の老婆《ろうば》となったゴーテルは、体《からだ》をむさぼりつくすような激痛《げきつう》にたえて、ふらふらと窓辺《まどべ》に歩《ある》いていきました。

窓《まど》の外《そと》は青《あお》い空《そら》。その向《む》こうには、自分《じぶん》が殺《ころ》した母《はは》マネアがいるのでしょうか。

（姉《ねえ》さんたちを……助《たす》けなくては……。）

そのとき！　パスカルが、ゆかに落《お》ちていたラプンツェルの髪《かみ》を、ゴーテルの足《あし》に引《ひ》っかけ、力《ちから》いっぱい引《ひ》っ張《ぱ》ったのです。ゴーテルは思《おも》わずよろけ、恐《おそ》ろしい悲鳴《ひめい》を上《あ》げて塔《とう》の窓《まど》からまっさかさまに落《お》ちていきました。その顔《かお》に、母《はは》マネアとそっくりの、憤怒《ふんぬ》と無念《むねん》の表情《ひょうじょう》を浮《う》かべて――。そして、塵《ちり》となって消《き》えました。

26 エピローグ

「彼《かれ》は死《し》んだわ。大《おお》どろぼうのフリン・ライダーは、愛《あい》するラプンツェルの腕《うで》の中《なか》で、息《いき》を引《ひ》き取《と》った……。」

空飛《そらと》ぶ魔女《まじょ》の館《やかた》で、キルケはおとぎ話《ばなし》の本《ほん》を閉《と》じると、ため息《いき》をつきました。

白雪姫《しらゆきひめ》は、思《おも》わずもっていたティーカップを落《お》とし、

「ごめんなさい。あなたのだいじなティーカップを。」

ゆかに散《ち》らばった破片《はへん》を見《み》ながら、激《はげ》しく泣《な》きだしました。

「ひどいわ！　あの二人《ふたり》、あまりにも、かわいそう！」

「ええ、本当《ほんとう》に。」

キルケはうなずくと、姉《あね》たちの大《おお》きな鏡《かがみ》の一枚《まい》を、暖炉《だんろ》の横《よこ》に立《た》てかけました。

「ラプンツェルを見《み》せて。」

鏡《かがみ》の中《なか》に、ラプンツェルがフリンの亡骸《なきがら》にすがりついて泣《な》いている姿《すがた》が現《あらわ》れます。

キルケは目《め》を閉《と》じ、鏡《かがみ》に片方《かたほう》の手《て》を置《お》くと静《しず》かに呪文《じゅもん》をとなえました。

花《はな》よきらめけ　魔法《まほう》をやどせ　時《とき》をもどし
傷《きず》をいやせ　運命《うんめい》の川《かわ》をさかのぼれ……

一《ひと》すじの涙《なみだ》が、ラプンツェルのほおを伝《つた》い、フリンのほおに落《お》ちました。

涙《なみだ》は美《うつく》しい金色《きんいろ》の光《ひかり》となり、二人《ふたり》を包《つつ》みます。光《ひかり》はやがて天井《てんじょう》に向《む》かってぐんぐん伸《の》びはじめ、塔《とう》の天井《てんじょう》のすぐ下《した》で、みごとな金色《きんいろ》の花《はな》を咲《さ》かせました。

フリンの目《め》がゆっくりとあきます……。

「これは――あなたがしたの⁉」

白雪姫《しらゆきひめ》がキルケに聞《き》きました。

「さあ……。きっと、ラプンツェルの体《からだ》の中《なか》に、まだ花《はな》の力《ちから》が残《のこ》っていたのよ。」

「ともかく、よかった！　ラプンツェルは真実《しんじつ》の愛《あい》を見《み》つけたのね。」

白雪姫《しらゆきひめ》の言葉《ことば》にキルケはにっこりうなずき、次《つぎ》の瞬間《しゅんかん》、まゆをひそめました。

「でも、わたしは、まがいものよ。姉《あね》たちが作《つく》った、まがいもの。」

「何《なに》を言《い》ってるの、キルケ！　あなたは間違《まちが》いなく本物《ほんもの》よ。あなたは最高《さいこう》！」

白雪姫《しらゆきひめ》はキルケを抱《だ》きしめました。

窓《まど》の外《そと》には黒《くろ》い大海原《おおうなばら》のような夜空《よぞら》が広《ひろ》がっています。魔女《まじょ》の館《やかた》は、うずまきながら刻一刻《こくいっこく》と姿《すがた》を変《か》える夜空《よぞら》を飛《と》びつづけます。

やがて二人《ふたり》の目《め》の前《まえ》に、たくさんの王国《おうこく》が並《なら》ぶ、なつかしい世界《せかい》が開《ひら》けました。

「ああ、キルケ！　とうとう、帰《かえ》ってきたわ！　わたくしたち。」

白雪姫《しらゆきひめ》は大《おお》はしゃぎで手《て》をたたき、次《つぎ》の瞬間《しゅんかん》、

「わたくしたちの旅《たび》も、もう終《お》わりね。」

寂《さび》しそうにつぶやきます。キルケは、にっこり微笑《ほほえ》みました。

「いいえ、まだまだ。まずは、ラプンツェルのお城《しろ》に寄《よ》って、次《つぎ》にゴーテルの屋敷《やしき》に寄《よ》って、それからモーニングスター城《じょう》へ戻《もど》って、それから――。」

「あなたが大好《だいす》きよ、キルケ。わたくしでよければ、ぜひお手伝《てつだ》いさせて。」

白雪姫《しらゆきひめ》は心《こころ》から言《い》いました。

「ええ、ぜひ！　あなたに相談《そうだん》したいことが、たくさんあるのよ、白雪《しらゆき》。たとえばゴーテルのお姉《ねえ》さんたちのこと――。」

「そして、あなたの三人《にん》のお姉《ねえ》さんたちのこともでしょ。ねえキルケ、夢《ゆめ》の国《くに》のお姉《ねえ》さんたちをどうするつもり？　いつかまた鏡《かがみ》を使《つか》うのを許《ゆる》してあげるのよね？」

キルケは、白雪姫《しらゆきひめ》を見《み》つめました。

「今《いま》は、あのままにしておく。わたしに絶交《ぜっこう》されたと思《おも》わせておくの――。」

ささて、奇妙《きみょう》な三姉妹《しまい》の行《ゆ》く末《すえ》は!?

訳《やく》者《しゃ》より

物語《ものがたり》の大《おお》もとは、グリム童話《どうわ》の『ラプンツェル（髪長姫《かみながひめ》）』。昔むかし、魔女《まじょ》ゴーテルの家《いえ》のとなりに、子《こ》どものない夫婦《ふうふ》が住《す》んでいました。やがてみごもった妻《つま》は、魔《ま》女《じょ》の庭《にわ》に植《う》えられた〝ラプンツェル〟という野菜《やさい》を、死《し》ぬほど食《た》べたいと夫《おっと》にせがみます。夫《おっと》は盗《ぬす》みに入《はい》りますが見《み》つかり、魔女《まじょ》は野菜《やさい》はやるが子《こ》どもが生《う》まれたら自分《じぶん》によこせと要求《ようきゅう》。しばらくして子《こ》どもが生《う》まれると、魔女《まじょ》は子《こ》どもを連《つ》れ去《さ》り、ラプンツェルと名《な》づけて育《そだ》てますが、十二歳《さい》になると森《もり》の中《なか》の塔《とう》に閉《と》じこめます。数年《すうねん》後《ご》、ラプンツェルは、塔《とう》をのぼってきた王子《おうじ》と恋《こい》をして――というお話《はなし》。

二〇一〇年《ねん》に全米《ぜんべい》で公開《こうかい》された（日本公開《にほんこうかい》は二〇一一年《ねん》）ディズニーの3D《スリーディー》アニ

メーション映画《えいが》『塔《とう》の上《うえ》のラプンツェル（Tangled《タングルド》）』では、夫婦《ふうふ》を国王夫妻《こくおうふさい》、ラプンツェルを王女《おうじょ》、王子《おうじ》を大《おお》どろぼうフリン・ライダーに替《か》えて、華《はな》やかでスリルに満《み》ちたストーリーが展開《てんかい》します。

この本《ほん》でも、やさしく、かしこいラプンツェルは大活躍《だいかつやく》ですが、いちばんの主役《しゅやく》は、ママ・ゴーテル。悪役《あくやく》ゴーテルに、あんなにも悲《かな》しい過去《かこ》があったとは！　運命《うんめい》にもてあそばれるゴーテルに、訳《やく》しながら同情《どうじょう》せずにはいられませんでした。

そして悲劇《ひげき》の糸《いと》を引《ひ》くのは、例《れい》の奇妙《きみょう》な三姉妹《しまい》。しかもあの三人《にん》、悪《わる》いことをしているという意識《いしき》がほとんどないのです！　今《いま》はキルケに鏡《かがみ》を取《と》り上《あ》げられ、夢《ゆめ》の国《くに》でおとなしくしていますが、さて、この先《さき》、どうなるのでしょう？　キルケは、姉《あね》たちへの愛《あい》と世間《せけん》への責任《せきにん》との板《いた》ばさみになって、悩《なや》みに悩《なや》んでいる様子《ようす》。決断《けつだん》には、まだ少《すこ》し時間《じかん》がかかりそうです。

皆《みな》さん、ぜひいっしょに、つづきを待《ま》っていてくださいね。

（岡田好恵《おかだよしえ》）

講談社KK文庫　A22-22

Disney

みんなが知《し》らない
塔《とう》の上《うえ》のラプンツェル

ゴーテル　ママはいちばんの味方《みかた》

2018年11月29日　第1刷発行
2019年11月 5 日　第5刷発行

著／セレナ・ヴァレンティーノ Serena Valentino
訳／岡田好恵《おかだよしえ》
編集協力／駒田文子
デザイン／横山よしみ

発行者／渡瀬昌彦
発行所／株式会社講談社
〒112-8001　東京都文京区音羽2-12-21
編集　☎03-5395-3142
販売　☎03-5395-3625
業務　☎03-5395-3615

印刷所／凸版印刷株式会社
製本所／株式会社国宝社
本文データ制作／講談社デジタル製作

ISBN978-4-06-513335-4
N.D.C.933 191p 18cm Printed in Japan